# EL CAPITÁN ALATRISTE

punto de lectura

**Arturo Pérez-Reverte** (Cartagena, 1951) fue reportero de guerra durante veintiún años. Sus novelas *El húsar* (1986), *El maestro de esgrima* (1988), *La tabla de Flandes* (1990), *El club Dumas* (1993), *La sombra del águila* (1993), *Territorio Comanche* (1994), *Un asunto de honor* (1995), *La piel del tambor* (1995), *La carta esférica* (2000), *La Reina del Sur* (2002), *Cabo Trafalgar* (2004), *El pintor de batallas* (2006) y *Un día de cólera* (2007) están presentes en los estantes de éxitos de las librerías y confirman una espectacular carrera literaria más allá de nuestras fronteras, donde ha recibido importantes galardones literarios. Su obra ha sido traducida a treinta idiomas.

El éxito de sus novelas sobre las aventuras del capitán Alatriste, cuya publicación comenzó en 1996, constituye un acontecimiento literario sin precedentes en España. Hasta ahora se han publicado seis títulos: *El capitán Alatriste* (1996), *Limpieza de sangre* (1997), *El sol de Breda* (1998), *El oro del rey* (2000), *El caballero del jubón amarillo* (2003) y *Corsarios de Levante* (2006). También han sido llevadas al cine con el título *Alatriste*, película dirigida por Agustín Díaz Yanes y protagonizada por Viggo Mortensen.

Arturo Pérez-Reverte es miembro de la Real Academia Española.

www.capitanalatriste.com

ARTURO Y CARLOTA PÉREZ-REVERTE

# EL CAPITÁN ALATRISTE

Las aventuras del capitán Alatriste

VOLUMEN I

© 1996, Arturo y Carlota Pérez-Reverte
© De esta edición:
2008, Santillana Ediciones Generales, S.L.
Torrelaguna, 60. 28043 Madrid (España)
Teléfono 91 744 90 60
www.puntodelectura.com

ISBN: 978-84-663-2053-5
Depósito legal: B-1.833-2010
Impreso en España - Printed in Spain

Ilustración de portada: © Joan Mundet
Diseño de colección: Manuel Estrada

Impreso por Litografía Rosés, S.A.

Primera edición: febrero 2008
Segunda edición: mayo 2008
Tercera edición: junio 2009
Cuarta edición: enero 2010

*A los abuelos Sebastián, Amelia, Pepe y Cala:*
*por la vida, los libros y la memoria.*

*Va de cuento: nos regía*
*un capitán que venía*
*mal herido, en el afán*
*de su primera agonía.*
*¡Señores, qué capitán*
*el capitán de aquel día!*

E. MARQUINA
*En Flandes se ha puesto el sol*

# Capítulo I

# LA TABERNA DEL TURCO

No era el hombre más honesto ni el más piadoso, pero era un hombre valiente. Se llamaba Diego Alatriste y Tenorio, y había luchado como soldado de los tercios viejos en las guerras de Flandes. Cuando lo conocí malvivía en Madrid, alquilándose por cuatro maravedís en trabajos de poco lustre, a menudo en calidad de espadachín por cuenta de otros que no tenían la destreza o los arrestos para solventar sus propias querellas. Ya saben: un marido cornudo por aquí, un pleito o una herencia dudosa por allá, deudas de juego pagadas a medias y algunos etcéteras más. Ahora es fácil criticar eso; pero en aquellos tiempos la capital de las Españas era un lugar donde la vida había que buscársela a salto de mata, en una esquina, entre el brillo de dos aceros. En todo esto Diego Alatriste se desempeñaba con holgura. Tenía mucha destreza a la hora de tirar de espada, y manejaba mejor, con el disimulo de la zurda, esa daga estrecha y larga llamada por algunos *vizcaína*, con que los reñidores profesionales se ayudaban a menudo. Una de cal y otra de vizcaína, solía decirse. El adversario estaba ocupado largando y parando estocadas con fina esgrima, y de pronto le venía por abajo, a las tripas, una cuchillada corta como un relámpago que no daba tiempo ni a pedir confesión. Sí. Ya he dicho a vuestras mercedes que eran años duros.

El capitán Alatriste, por lo tanto, vivía de su espada. Hasta donde yo alcanzo, lo de *capitán* era más un apodo que un grado efectivo. El mote venía de antiguo: cuando, desempeñándose de soldado en las guerras del rey, tuvo que cruzar una noche con otros veintinueve compañeros y un capitán de verdad cierto río helado, imagínense, viva España y todo eso, con la espada entre los dientes y en camisa para confundirse con la nieve, a fin de sorprender a un destacamento holandés. Que era el enemigo de entonces porque pretendían proclamarse independientes, y si te he visto no me acuerdo. El caso es que al final lo fueron, pero entre tanto los fastidiamos bien. Volviendo al capitán, la idea era sostenerse allí, en la orilla de un río, o un dique, o lo que diablos fuera, hasta que al alba las tropas del rey nuestro señor lanzasen un ataque para reunirse con ellos. Total: que los herejes fueron debidamente acuchillados sin darles tiempo a decir esta boca es mía. Estaban durmiendo como marmotas, y en ésas salieron del agua los nuestros con ganas de calentarse y se quitaron el frío enviando herejes al infierno, o a donde vayan los malditos luteranos. Lo malo es que luego vino el alba, y se adentró la mañana, y el otro ataque español no se produjo. Cosas, contaron después, de celos entre maestres de campo y generales. Lo cierto es que los treinta y uno se quedaron allí abandonados a su suerte, entre reniegos, por vidas de y votos a tal, rodeados de holandeses dispuestos a vengar el degüello de sus camaradas. Más perdidos que la Armada Invencible del buen rey don Felipe el Segundo. Fue un día largo y muy duro. Y para que se hagan idea vuestras mercedes, sólo dos españoles consiguieron regresar a la otra orilla cuando llegó la noche. Diego Alatriste era uno de ellos, y como durante toda la jornada había mandado la tropa —al capitán de verdad lo dejaron listo de papeles en la primera escaramuza, con dos palmos de acero saliéndole por la espalda—, se le quedó el mote, aunque no llegara a disfrutar ese empleo. Capitán por un día, de una tropa sentenciada a muerte que se fue al carajo vendiendo cara su piel, uno tras otro, con el río a la espalda y blasfemando en buen castellano. Cosas de la guerra de Flandes. Cosas de España.

En fin. Mi padre fue el otro soldado español que regresó aquella noche. Se llamaba Lope Balboa, era guipuzcoano y también era un hombre valiente. Dicen que Diego Alatriste y él fueron muy buenos amigos, casi como hermanos; y debe de ser cierto porque después, cuando a mi padre lo mataron de un tiro de arcabuz en un baluarte de Jülich —por eso Diego Velázquez no llegó a sacarlo más tarde en el cuadro de la toma de Breda como a su amigo y tocayo Alatriste, que sí está allí, tras el caballo—, le juró ocuparse de mí cuando fuera mozo. Ésa es la razón de que, a punto de cumplir los trece años, mi madre metiera una camisa, unos calzones, un rosario y un mendrugo de pan en un hatillo, y me mandara a vivir con el capitán, aprovechando el viaje de un primo suyo que venía a Madrid. Así fue como entré a servir, entre criado y paje, al amigo de mi padre.

Una confidencia: dudo mucho que, de haberlo conocido bien, la autora de mis días me hubiera enviado tan alegremente a su servicio. Pero supongo que el título de capitán, aunque fuera apócrifo, le daba un barniz honorable al personaje. Además, mi pobre madre no andaba bien de salud y tenía otras dos hijas que alimentar. De ese modo se quitaba una boca de encima y me daba la oportunidad de buscar fortuna en la Corte. Así que me despachó con su primo sin preocuparse de indagar más detalles, acompañado de una extensa carta, escrita por el cura de nuestro pueblo, en la que recordaba a Diego Alatriste sus compromisos y su amistad con el difunto. Recuerdo que cuando entré a su servicio había transcurrido poco tiempo desde su regreso de Flandes, porque una herida fea que tenía en un costado, recibida en Fleurus, aún estaba fresca y le causaba fuertes dolores; y yo, recién llegado, tímido y asustadizo como un ratón, lo escuchaba por las noches, desde mi jergón, pasear arriba y abajo por su cuarto, incapaz de conciliar el sueño. Y a veces le oía canturrear en voz baja coplillas entrecortadas por los accesos de dolor, versos de Lope, una maldición o un comentario para sí mismo en voz alta, entre resignado y casi divertido por la situación. Eso era muy propio del capitán: encarar cada uno de sus males y desgracias como una especie de broma inevitable a la que un viejo conocido de perversas intenciones se divirtiera en someterlo de vez en cuando. Quizá ésa era la causa de su peculiar sentido del humor áspero, inmutable y desesperado.

Ha pasado muchísimo tiempo y me embrollo un poco con las fechas. Pero la historia que voy a contarles

debió de ocurrir hacia el año mil seiscientos y veinti-
tantos, poco más o menos. Es la aventura de los enmascarados y los dos ingleses, que dio no poco que hablar
en la Corte, y en la que el capitán no sólo estuvo a punto
de dejar la piel remendada que había conseguido salvar de
Flandes, del turco y de los corsarios berberiscos, sino
que le costó hacerse un par de enemigos que ya lo acosa-
rían durante el resto de su vida. Me refiero al secretario
del rey nuestro señor, Luis de Alquézar, y a su siniestro
sicario italiano, aquel espadachín callado y peligroso que
se llamó Gualterio Malatesta, tan acostumbrado a matar
por la espalda que cuando por azar lo hacía de frente se
sumía en profundas depresiones, imaginando que perdía
facultades. También fue el año en que yo me enamoré
como un becerro y para siempre de Angélica de Alquézar,
perversa y malvada como sólo puede serlo el Mal encar-
nado en una niña rubia de once o doce años. Pero cada
cosa la contaremos a su tiempo.


Me llamo Íñigo. Y mi nombre fue lo primero que
pronunció el capitán Alatriste la mañana en que lo solta-
ron de la vieja cárcel de Corte, donde había pasado tres
semanas a expensas del rey por impago de deudas. Lo de
las expensas es un modo de hablar, pues tanto en ésa como en las otras prisiones de la época, los únicos lujos —y
en lujos incluíase la comida— eran los que cada cual podía pagarse de su bolsa. Por fortuna, aunque al capitán lo
habían puesto en galeras casi ayuno de dineros, contaba
con no pocos amigos. Así que entre unos y otros lo fueron

socorriendo durante su encierro, más llevadero merced a los potajes que Caridad la Lebrijana, la dueña de la taberna del Turco, le enviaba conmigo de vez en cuando, y a algunos reales de a cuatro que le hacían llegar sus compadres don Francisco de Quevedo, Juan Vicuña y algún otro. En cuanto al resto, y me refiero a los percances propios de la prisión, el capitán sabía guardarse como nadie. Notoria era en aquel tiempo la afición carcelaria a aligerar de bienes, ropas y hasta de calzado a los mismos compañeros de infortunio. Pero Diego Alatriste era lo bastante conocido en Madrid; y quien no lo conocía no tardaba en averiguar que era más saludable andársele con mucho tiento. Según supe después, lo primero que hizo al ingresar en el estaribel fue irse derecho al más peligroso jaque entre los reclusos y, tras saludarlo con mucha política, ponerle en el gaznate una cuchilla corta de matarife, que había podido conservar merced a la entrega de unos maravedís al carcelero. Eso fue mano de santo. Tras aquella inequívoca declaración de principios nadie se atrevió a molestar al capitán, que en adelante pudo dormir tranquilo envuelto en su capa en un rincón más o menos limpio del establecimiento, protegido por su fama de hombre de hígados. Después, el generoso reparto de los potajes de la Lebrijana y las botellas de vino compradas al alcaide con el socorro de los amigos aseguraron sólidas lealtades en el recinto, incluida la del rufián del primer día, un cordobés que tenía por mal nombre Bartolo Cagafuego, quien a pesar de andar en jácaras como habitual de llamarse a iglesia y frecuentar galeras, no resultó nada rencoroso. Era ésa una de las virtudes de Diego Alatriste: podía hacer amigos hasta en el infierno.

Parece mentira. No recuerdo bien el año —era el veintidós o el veintitrés del siglo—, pero de lo que estoy seguro es de que el capitán salió de la cárcel una de esas mañanas azules y luminosas de Madrid, con un frío que cortaba el aliento. Desde aquel día que —ambos todavía lo ignorábamos— tanto iba a cambiar nuestras vidas, ha pasado mucho tiempo y mucha agua bajo los puentes del Manzanares; pero todavía me parece ver a Diego Alatriste flaco y sin afeitar, parado en el umbral con el portón de madera negra claveteada cerrándose a su espalda. Recuerdo perfectamente su parpadeo ante la claridad cegadora de la calle, con aquel espeso bigote que le ocultaba el labio superior, su delgada silueta envuelta en la capa, y el sombrero de ala ancha bajo cuya sombra entornaba los ojos claros, deslumbrados, que parecieron sonreír al divisarme sentado en un poyete de la plaza. Había algo singular en la mirada del capitán: por una parte era muy clara y muy fría, glauca como el agua de los charcos en las mañanas de invierno. Por otra, podía quebrarse de pronto en una sonrisa cálida y acogedora, como un golpe de calor fundiendo una placa de hielo, mientras el rostro permanecía serio, inexpresivo o grave. Poseía, aparte de ésa, otra sonrisa más inquietante que reservaba para los momentos de peligro o de tristeza: una mueca bajo el mostacho que torcía éste ligeramente hacia la comisura izquierda y siempre resultaba amenazadora como una estocada —que solía venir acto seguido—, o fúnebre como un presagio cuando acudía al hilo de varias botellas de vino, de esas que el capitán solía despachar a solas en sus días de silencio. Medio azumbre sin respirar, y aquel gesto para secarse el mostacho con el dorso de la mano, la mirada perdida en la pared de enfrente. Botellas para matar a los fantasmas, solía decir él, aunque nunca lograba matarlos del todo.

La sonrisa que me dirigió aquella mañana, al encontrarme esperándolo, pertenecía a la primera clase: la que le iluminaba los ojos desmintiendo la imperturbable gravedad del rostro y la aspereza que a menudo se esforzaba en dar a sus palabras, aunque estuviese lejos de sentirla en realidad. Miró a un lado y otro de la calle, pareció satisfecho al no encontrar acechando a ningún nuevo acreedor, vino hasta mí, se quitó la capa a pesar del frío y me la arrojó, hecha un gurruño.

—Íñigo —dijo—. Hiérvela. Está llena de chinches.

La capa apestaba, como él mismo. También su ropa tenía bichos como para merendarse la oreja de un toro; pero todo eso quedó resuelto menos de una hora más tarde, en la casa de baños de Mendo el Toscano, un barbero que había sido soldado en Nápoles cuando mozo, tenía en mucho aprecio a Diego Alatriste y le fiaba. Al acudir con una muda y el otro único traje que el capitán conservaba en el armario carcomido que nos servía de guardarropa, lo encontré de pie en una tina de madera llena de agua sucia, secándose. El Toscano le había rapado bien la barba, y el pelo castaño, corto, húmedo y peinado hacia atrás, partido en dos por una raya en el centro, dejaba al descubierto una frente amplia, tostada por el sol del patio de la prisión, con una pequeña cicatriz que bajaba sobre la ceja izquierda. Mientras terminaba de secarse y se ponía el calzón y la camisa observé las otras cicatrices que ya conocía. Una en forma de media luna, entre el ombligo y la tetilla derecha. Otra larga, en un muslo, como un zigzag. Ambas eran de arma blanca, espada o daga; a diferencia de una cuarta en la espalda, que tenía la inconfundible forma de estrella que deja un balazo. La quinta era la más reciente, aún no curada del todo, la misma que le impedía dormir bien por las noches: un tajo violáceo de casi un palmo en el costado izquierdo, recuerdo de la batalla de Fleurus, viejo de más de un año, que a veces se abría un poco y supuraba; aunque ese día, cuando su propietario salió de la tina, no tenía mal aspecto.

Lo asistí mientras se vestía despacio, con descuido, el jubón gris oscuro y los calzones del mismo color, que eran de los llamados valones, cerrados en las rodillas sobre los borceguíes que disimulaban los zurcidos de las medias. Se ciñó después el cinto de cuero que yo había engrasado cuidadosamente durante su ausencia, e introdujo en él la espada de grandes gavilanes cuya hoja y cazoleta mostraban las huellas, mellas y arañazos de otros días y otros aceros. Era una espada buena, larga, amenazadora y toledana, que entraba y salía de la vaina con un siseo metálico interminable, que ponía la piel de gallina. Después contempló un instante su aspecto en un maltrecho espejo de medio cuerpo que había en el cuarto, y esbozó la sonrisa fatigada:

—Voto a Dios —dijo entre dientes— que tengo sed.

Sin más comentarios me precedió escaleras abajo, y luego por la calle de Toledo hasta la taberna del Turco. Como iba sin capa caminaba por el lado del sol, con la cabeza alta y su raída pluma roja en la toquilla del sombrero, cuya ancha ala rozaba con la mano para saludar a algún conocido, o se quitaba al cruzarse con damas de cierta calidad. Lo seguí, distraído, mirando a los golfillos que jugaban en la calle, a las vendedoras de legumbres de los soportales y a los ociosos que tomaban el sol conversando en corros junto a la iglesia de los jesuitas. Aunque nunca fui en exceso inocente, y los meses que llevaba en el vecindario habían tenido la virtud de espabilarme, yo era todavía un cachorro joven y curioso que descubría el mundo con ojos llenos de asombro, procurando no perderme detalle. En cuanto al carruaje, oí los cascos de las dos mulas del tiro y el sonido de las ruedas que se acercaban a nuestra espalda. Al principio apenas presté atención; el paso de coches y carrozas resultaba habitual, pues la calle era vía de tránsito corriente para dirigirse a la Plaza Mayor y al Alcázar Real. Pero al levantar un momento la vista cuando el carruaje llegó a nuestra altura, encontré una portezuela sin escudo y, en la ventanilla, el rostro de una niña, unos cabellos rubios peinados en tirabuzones, y la mirada más azul, limpia y turbadora que he contemplado en toda mi vida. Aquellos ojos se cruzaron con los míos un instante y luego, llevados por el movimiento del coche, se alejaron calle arriba. Y yo me estremecí, sin conocer todavía muy bien por qué. Pero mi estremecimiento hubiera sido aún mayor de haber sabido que acababa de mirarme el Diablo.

—No queda sino batirnos —dijo don Francisco de Quevedo.

La mesa estaba llena de botellas vacías, y cada vez que a don Francisco se le iba la mano con el vino de San

Martín de Valdeiglesias —lo que ocurría con frecuencia—, se empeñaba en tirar de espada y batirse con Cristo. Era un poeta cojitranco y valentón, putañero, corto de vista, caballero de Santiago, tan rápido de ingenio y lengua como de espada, famoso en la Corte por sus buenos versos y su mala leche. Eso le costaba, por temporadas, andar de destierro en destierro y de prisión en prisión; porque si bien es cierto que el buen rey Felipe Cuarto, nuestro señor, y su valido el conde de Olivares apreciaban como todo Madrid sus certeros versos, lo que ya no les gustaba tanto era protagonizarlos. Así que de vez en cuando, tras la aparición de algún soneto o quintilla anónimos donde todo el mundo reconocía la mano del poeta, los alguaciles y corchetes del corregidor se dejaban caer por la taberna, o por su domicilio, o por los mentideros que frecuentaba, para invitarlo respetuosamente a acompañarlos, dejándolo fuera de la circulación por unos días o unos meses. Como era testarudo, orgulloso, y no escarmentaba nunca, estas peripecias eran frecuentes y le agriaban el carácter. Resultaba, sin embargo, excelente compañero de mesa y buen amigo para sus amigos, entre los que se contaba el capitán Alatriste. Ambos frecuentaban la taberna del Turco, donde montaban tertulia en torno a una de las mejores mesas, que Caridad la Lebrijana —que había sido puta y todavía lo era con el capitán de vez en cuando, aunque de balde— solía reservarles. Con don Francisco y el capitán, aquella mañana completaban la concurrencia algunos habituales: el Licenciado Calzas, Juan Vicuña, el Dómine Pérez y el Tuerto Fadrique, boticario de Puerta Cerrada.

—No queda sino batirnos —insistió el poeta.

Estaba, como dije, visiblemente iluminado por medio azumbre de Valdeiglesias. Se había puesto en pie, derribando un taburete, y con la mano en el pomo de la espada lanzaba rayos con la mirada a los ocupantes de una mesa vecina, un par de forasteros cuyas largas herruzas y capas estaban colgadas en la pared, y que acababan de felicitar al poeta por unos versos que en realidad pertenecían a Luis de Góngora, su más odiado adversario en la república de las Letras, a quien acusaba de todo: de sodomita, perro y judío. Había sido un error de buena fe, o al menos eso parecía; pero don Francisco no estaba dispuesto a pasarlo por alto:

> *Yo te untaré mis versos con tocino*
> *porque no me los muerdas, Gongorilla...*

Empezó a improvisar allí mismo, incierto el equilibrio, sin soltar la empuñadura de la espada, mientras los forasteros intentaban disculparse, y el capitán y los otros contertulios sujetaban a don Francisco para impedirle que desnudara la blanca y fuese a por los dos fulanos.

—Es una afrenta, pardiez —decía el poeta, intentando desasir la diestra que le sujetaban los amigos, mientras se ajustaba con la mano libre los anteojos torcidos en la nariz—. Un palmo de acero pondrá las cosas en su, hip, sitio.

—Mucho acero es para derrocharlo tan de mañana, don Francisco —mediaba Diego Alatriste, con buen criterio.

—Poco me parece a mí —sin quitar ojo a los otros, el poeta se enderezaba el mostacho con expresión feroz—.

Así que seamos generosos: un palmo para cada uno de estos hijosdalgo, que son hijos de algo, sin duda; pero con dudas, hidalgos.

Aquello eran palabras mayores, así que los forasteros hacían ademán de requerir sus espadas y salir afuera; y el capitán y los otros amigos, impotentes para evitar la querella, les pedían comprensión para el estado alcohólico del poeta y que desembarazaran el campo, que no había gloria en batirse con un hombre ebrio, ni desdoro en retirarse con prudencia por evitar males mayores.

—*Bella gerant alii* —sugería el Dómine Pérez, intentando contemporizar.

El Dómine Pérez era un padre jesuita que se desempeñaba en el vecino Colegio Imperial. Su natural bondadoso y sus latines solían obrar un efecto sedante, pues los pronunciaba en tono de inapelable buen juicio. Pero aquellos dos forasteros no sabían latín, y el retruécano sobre los hijosdalgo era difícil de tragar como si nada. Además, la mediación del clérigo se veía minada por las guasas zumbonas del Licenciado Calzas: un leguleyo listo, cínico y tramposo, asiduo de los tribunales, especialista en defender causas que sabía convertir en pleitos interminables hasta que sangraba al cliente de su último maravedí. Al licenciado le encantaba la bulla, y siempre andaba picando a todo hijo de vecino.

—No os disminuyáis, don Francisco —decía por lo bajini—. Que os abonen las costas.

De modo que la concurrencia se disponía a presenciar un suceso de los que al día siguiente aparecían publicados en las hojas de *Avisos* y *Noticias*. Y el capitán Alatriste, a pesar de sus esfuerzos por tranquilizar al amigo, empezaba a aceptar como inevitable el verse a cuchilladas en la calle con los forasteros, por no dejar solo a don Francisco en el lance.

—*Aio te vincere posse* —concluyó el Dómine Pérez resignándose, mientras el Licenciado Calzas disimulaba la risa con la nariz dentro de una jarra de vino. Y tras un profundo suspiro, el capitán empezó a levantarse de la mesa. Don Francisco, que ya tenía cuatro dedos de espada fuera de la vaina, le echó una amistosa mirada de gratitud, y aún tuvo asaduras para dedicarle un par de versos:

*Tú, en cuyas venas laten Alatristes*
*a quienes ennoblece tu cuchilla...*

—No me jodáis, don Francisco —respondió el capitán, malhumorado—. Riñamos con quien sea menester, pero no me jodáis.

—Así hablan los, hip, hombres —dijo el poeta, disfrutando visiblemente con la que acababa de liar. El resto de los contertulios lo jaleaba unánime, desistiendo como el Dómine Pérez de los esfuerzos conciliadores, y en el fondo encantados de antemano con el espectáculo; pues si don Francisco de Quevedo, incluso mamado, resultaba un esgrimidor terrible, la intervención de Diego Alatriste como pareja de baile no dejaba resquicio de duda sobre el resultado. Se cruzaban apuestas sobre el número de estocadas que iban a repartirse a escote los forasteros, ignorantes de con quiénes se jugaban los maravedís.

Total, que bebió el capitán un trago de vino, ya en pie, miró a los forasteros como disculpándose por lo lejos que había ido todo aquello, e hizo gesto con la cabeza de salir afuera, para no enredarle la taberna a Caridad la Lebrijana, que andaba preocupada por el mobiliario.

—Cuando gusten vuestras mercedes.

Se ciñeron las herruzas los otros y encamináronse todos hacia la calle, entre gran expectación, procurando no darse las espaldas por si acaso; que Jesucristo bien dijo hermanos, pero no primos. En eso estaban, todavía con los aceros abrigados, cuando en la puerta, para desencanto de la concurrencia y alivio de Diego Alatriste, apareció la inconfundible silueta del teniente de alguaciles Martín Saldaña.

—Se fastidió la fiesta —dijo don Francisco de Quevedo.

Y, encogiendo los hombros, ajustóse los anteojos, miró al soslayo, fuese de nuevo a su mesa, descorchó otra botella, y no hubo nada.


—Tengo un asunto para ti.

El teniente de alguaciles Martín Saldaña era duro y tostado como un ladrillo. Vestía sobre el jubón un coleto de ante, acolchado por dentro, que era muy práctico para amortiguar cuchilladas; y entre espada, daga, puñal y pistolas llevaba encima más hierro que Vizcaya. Había sido soldado en las guerras de Flandes, como Diego Alatriste y mi difunto padre, y en buena camaradería con ellos había pasado luengos años de penas y zozobras, aunque a la postre con mejor fortuna: mientras mi progenitor criaba malvas en tierra de herejes y el capitán se ganaba la vida como espadachín a sueldo, un cuñado mayordomo en Palacio y una mujer madura pero aún hermosa ayudaron a Saldaña a medrar en Madrid tras su licencia de Flandes, cuando la tregua del difunto rey don Felipe Tercero con los holandeses. Lo de la mujer lo consigno sin pruebas —yo era demasiado joven para conocer detalles—, pero corrían rumores de que cierto corregidor usaba de libertades con la antedicha, y eso había propiciado el nombramiento del marido como teniente de alguaciles, cargo que equivalía a jefe de las rondas que vigilaban los barrios —entonces aún llamados cuarteles— de Madrid. En cualquier caso, nadie se atrevió jamás a hacer ante Martín Saldaña la menor insinuación al respecto. Cornudo o no, lo que no podía ponerse en duda es que era bravo y con malas pulgas. Había sido buen soldado, tenía el pellejo remendado de muchas heridas y sabía hacerse respetar con los puños o con una toledana en la mano. Era, en fin, todo lo honrado que podía esperarse en un jefe de alguaciles de la época. También apreciaba a Diego Alatriste, y procuraba favorecerlo siempre que podía. Era la suya una amistad vieja, profesional; ruda como corresponde a hombres de su talante, pero realista y sincera.

—Un asunto —repitió el capitán. Habían salido a la calle y estaban al sol, apoyados en la pared, cada uno con su jarra en la mano, viendo pasar gente y carruajes por la calle de Toledo. Saldaña lo miró unos instantes, acariciándose la barba que llevaba espesa, salpicada con canas de soldado viejo, para taparse un tajo que tenía desde la boca hasta la oreja derecha.

—Has salido de la cárcel hace unas horas y estás sin un ardite en la bolsa —dijo—. Antes de dos días habrás aceptado cualquier trabajo de medio pelo, como escoltar a algún lindo pisaverde para que el hermano de su amada no lo mate en una esquina, o asumirás el encargo de acuchillarle a alguien las orejas por cuenta de un acreedor. O te pondrás a rondar las mancebías y los garitos, para ver qué puedes sacar de los forasteros y de los curas que acuden a jugarse el cepillo de San Eufrasio... De aquí a poco te meterás en un lío: una mala estocada, una riña, una denuncia. Y vuelta a empezar —bebió un corto sorbo de la jarra, entornados los ojos, sin apartarlos del capitán—. ¿Crees que eso es vida?

Diego Alatriste encogió los hombros.

—¿Se te ocurre algo mejor?

Miraba a su antiguo camarada de Flandes con fijeza franca. No todos tenemos la suerte de ser teniente de alguaciles, decía su gesto. Saldaña se escarbó los dientes con la uña y movió la cabeza dos veces, de arriba abajo. Ambos sabían que, de no ser por las cosas del azar y de la vida, él podía encontrarse perfectamente en la misma situación que el capitán. Madrid estaba lleno de viejos soldados que malvivían en calles y plazas, con el cinto lleno de cañones de hoja de lata: aquellos canutos donde guardaban sus arrugadas recomendaciones, memoriales e inútiles hojas de servicio, que a nadie importaban un bledo. En busca del golpe de suerte que no llegaba jamás.

—Para eso he venido, Diego. Hay alguien que te necesita.

—¿A mí, o a mi espada?

Torcía el bigote con la mueca que solía hacerle las veces de sonrisa. Saldaña se echó a reír muy fuerte.

—Ésa es una pregunta idiota —dijo—. Hay mujeres que interesan por sus encantos, curas por sus absoluciones, viejos por su dinero... En cuanto a los hombres como tú o como yo, sólo interesan por su espada —hizo una pausa para mirar a uno y otro lado, bebió un nuevo trago de vino y bajó un poco la voz—. Se trata de gente de calidad. Un golpe seguro, sin riesgos salvo los habituales... A cambio hay una buena bolsa.

El capitán observó a su amigo, interesado. En aquellos momentos, la palabra *bolsa* habría bastado para arrancarle del más profundo sueño o la más atroz borrachera.

—¿Cómo de buena?

—Unos sesenta escudos. En doblones de a cuatro.

—No está mal —las pupilas se empequeñecieron en los ojos claros de Diego Alatriste—. ¿Hay que matar?

Saldaña hizo un gesto evasivo, mirando furtivamente hacia la puerta de la taberna.

—Es posible, pero yo ignoro los detalles... Y quiero seguir ignorándolos, a ver si me entiendes. Todo lo que sé es que se trata de una emboscada. Algo discreto, de noche, en plan embozados y demás. Hola y adiós.

—¿Solo, o en compañía?

—En compañía, imagino. Se trata de despachar a un par. O tal vez sólo de darles un buen susto. Quizá persignarlos con un chirlo en la cara o algo así... Vete a saber.

—¿Quiénes son los gorriones?

Ahora Saldaña movía la cabeza, como si hubiera dicho más de lo que deseaba decir.

—Cada cosa a su tiempo. Además, yo me limito a oficiar de mensajero.

El capitán apuraba la jarra, pensativo. En aquella época, quince doblones de a cuatro, en oro, eran más de setecientos reales: suficiente para salir de apuros, comprar ropa blanca, un traje, liquidar deudas, ordenarse un poco la vida. Adecentar los dos cuartuchos alquilados donde vivíamos él y yo, en el piso de arriba del corral abierto en la trasera de la taberna, con puerta a la calle del Arcabuz. Comer caliente sin depender de los muslos generosos de Caridad la Lebrijana.

—También —añadió Saldaña, que parecía seguirle el hilo de los pensamientos— te pondrá en contacto este trabajo con gente importante. Gente buena para tu futuro.

—Mi futuro —repitió absorto el capitán, como un eco.

# Capítulo II

# LOS ENMASCARADOS

L a calle estaba oscura y no se veía un alma. Embozado en una capa vieja prestada por don Francisco de Quevedo, Diego Alatriste se detuvo junto a la tapia y echó un cauteloso vistazo. Un farol, había dicho Saldaña. En efecto, un pequeño farol encendido alumbraba la oquedad de un portillo, y al otro lado se adivinaba, entre las ramas de los árboles, el tejado sombrío de una casa. Era la hora menguada, cerca de la medianoche, cuando los vecinos gritaban *agua va* y arrojaban inmundicias por las ventanas, o los matones a sueldo y los salteadores acechaban a sus víctimas en la oscuridad de las calles desprovistas de alumbrado. Pero allí no había vecinos ni parecía haberlos habido nunca; todo estaba en silencio. En cuanto a eventuales ladrones y asesinos, Diego Alatriste iba precavido. Además, desde muy temprana edad había aprendido un principio básico de la vida y la supervivencia: si te empeñas, tú mismo puedes ser tan peligroso como cualquiera que se cruce en tu camino. O más. En cuanto a la cita de aquella noche, las instrucciones incluían caminar desde la antigua puerta de Santa Bárbara por la primera calle a la derecha hasta encontrar un muro de ladrillo y una luz. Hasta ahí, todo iba bien. El capitán se quedó quieto un rato para estudiar el lugar, evitando mirar directamente el farol para que éste no lo deslumbrase al escudriñar los rincones más oscuros, y por fin, tras palparse un momento el coleto de cuero de búfalo que se había puesto bajo la ropilla para el caso de cuchilladas inoportunas, se caló más el sombrero y anduvo despacio hasta el portillo. Yo lo había visto vestirse una hora antes en nuestra casa, con minuciosidad profesional:

—Volveré tarde, Íñigo. No me esperes despierto.

Habíamos cenado una sopa con migas de pan, un cuartillo de vino y un par de huevos cocidos; y después, tras lavarse la cara y las manos en una jofaina, y mientras yo le remendaba unas calzas viejas a la luz de un velón de sebo, Diego Alatriste se preparó para salir, con las precauciones adecuadas al caso. No es que recelara una mala jugada de Martín Saldaña; pero también los tenientes de alguaciles podían ser víctimas de engaño, o sobornados. Incluso tratándose de viejos amigos y camaradas. Y de ser así, Alatriste no le hubiera guardado excesivo rencor. En aquel tiempo, cualquier cosa en la corte de ese rey joven, simpático, mujeriego, piadoso y fatal para las pobres Españas que fue el buen don Felipe Cuarto podía ser comprada con dinero; hasta las conciencias. Tampoco es que hayamos cambiado mucho desde entonces. El caso es que, para acudir a la cita, el capitán tomó sus precauciones. En la parte posterior del cinto se colgó la daga vizcaína; y vi que también introducía en la caña de su bota derecha la corta cuchilla de matarife que tan buenos servicios había prestado en la cárcel de Corte. Mientras hacía todos esos gestos observé a hurtadillas su rostro grave, absorto, donde la luz de sebo hundía las mejillas y acentuaba la fiera pincelada del mostacho. No parecía muy orgulloso de sí mismo. Por un momento, al mover los ojos en busca de la espada, su mirada encontró la mía; y sus ojos claros se apartaron de inmediato, rehuyéndome, casi temerosos de que yo pudiera leer algo inconveniente en ellos. Pero sólo fue un instante, y luego volvió a mirarme de nuevo, franco, con una breve sonrisa.

—Hay que ganarse el pan, zagal.

Dijo. Después se herró el cinto con la espada —siempre se negó, salvo en la guerra, a llevarla colgada del hombro como los valentones y jaques de medio pelo—, comprobó que ésta salía y entraba en la vaina sin dificultad, y se puso la capa que aquella misma tarde le había prestado don Francisco. Lo de la capa, amén de que estábamos en marzo y las noches no eran para afrontarlas a cuerpo limpio, tenía otra utilidad: en aquel Madrid peligroso, de calles mal iluminadas y estrechas, esa prenda era muy práctica a la hora de reñir al arma blanca. Terciada al pecho o enrollada sobre el brazo izquierdo, servía como broquel para protegerse del adversario; y arrojada sobre su acero, podía embarazarlo mientras se le asestaba una estocada oportuna. A fin de cuentas, lo de jugar limpio cuando iba a escote el pellejo, eso era algo que tal vez contribuyera a la salvación del alma en la vida eterna; pero en lo tocante a la de acá, la terrena, suponía, sin duda, el camino más corto para abandonarla con cara de idiota y un palmo de acero en el hígado. Y Diego Alatriste no tenía ninguna prisa.

El farol daba una luz aceitosa al portillo cuando el capitán golpeó cuatro veces, como le había indicado Saldaña. Después de hacerlo desembarazó la empuñadura de la espada y mantuvo atrás la mano siniestra, cerca del pomo de la vizcaína. Al otro lado se oyeron pasos y la puerta se abrió silenciosamente. La silueta de un criado se recortó en el umbral.

—¿Vuestro nombre?

—Alatriste.

Sin más palabras el fámulo se puso en marcha, precediéndolo por un sendero que discurría bajo los árboles de una huerta. El edificio era un viejo lugar que al capitán le pareció abandonado. Aunque no conocía demasiado aquella zona de Madrid, próxima al camino de Hortaleza, ató cabos y creyó recordar los muros y el tejado de un decrépito caserón que alguna vez había entrevisto, de paso.

—Aguarde aquí vuestra merced a que lo llamen.

Acababan de entrar en un pequeño cuarto de paredes desnudas, sin muebles, donde un candelabro puesto en el suelo iluminaba antiguas pinturas en la pared. En un ángulo de la habitación había un hombre embozado en una capa negra y cubierto por un sombrero del mismo color y anchas alas. El embozado no hizo ningún movimiento al entrar el capitán, y cuando el criado —que a la luz de las velas se mostró hombre de mediana edad y sin librea que lo identificara— se retiró dejándolos solos, permaneció inmóvil en su sitio, como una estatua oscura, observando al recién llegado. Lo único vivo que se veía entre la capa y el

34

sombrero eran sus ojos, muy negros y brillantes, que la luz del suelo iluminaba entre sombras, dándoles una expresión amenazadora y fantasmal. Con un vistazo de experto, Diego Alatriste se fijó en las botas de cuero y en la punta de la espada que levantaba un poco, hacia atrás, la capa del desconocido. Su aplomo era el de un espadachín, o el de un soldado. Ninguno cambió con el otro palabra alguna y permanecieron allí, quietos y silenciosos a uno y otro lado del candelabro que los iluminaba desde abajo, estudiándose para averiguar si se las habían con un camarada o un adversario; aunque en la profesión de Diego Alatriste podían, perfectamente, darse ambas circunstancias a la vez.

—No quiero muertos —dijo el enmascarado alto.

Era fuerte, grande de espaldas, y también era el único que se mantenía cubierto, tocado con un sombrero sin pluma, cinta ni adornos. Bajo el antifaz que le cubría el rostro despuntaba el extremo de una barba negra y espesa. Vestía ropas oscuras, de calidad, con puños y cuello de encaje fino de Flandes, y bajo la capa que tenía sobre los hombros brillaban una cadena de oro y el pomo dorado de una espada. Hablaba como quien suele mandar y ser obedecido en el acto, y eso se veía confirmado por la deferencia que le mostraba su acompañante: un hombre de mediana estatura, cabeza redonda y cabello escaso, cubierto con un ropón oscuro que disimulaba su indumentaria. Los dos enmascarados habían recibido a Diego Alatriste y al otro individuo tras hacerlos esperar media hora larga en la antesala.

—Ni muertos ni sangre —insistió el hombre corpulento—. Al menos, no mucha.

El de la cabeza redonda alzó ambas manos. Tenía, observó Diego Alatriste, las uñas sucias y manchas de tinta en los dedos, como las de un escribano; pero lucía un grueso sello de oro en el meñique de la siniestra.

—Tal vez algún picotazo —le oyeron sugerir en tono prudente—. Algo que justifique el lance.

—Pero sólo al más rubio —puntualizó el otro.

—Por supuesto, Excelencia.

Alatriste y el hombre de la capa negra cambiaron una mirada profesional, como consultándose el alcance de la palabra *picotazo*, y las posibilidades —más bien remotas— de distinguir a un rubio de otro en mitad de una refriega, y de noche. Imaginad el cuadro: sería vuestra merced tan amable de venir a la luz y destocarse, caballero, gracias, veo que sois el más rubio, permitid que os introduzca una cuarta de acero toledano en los higadillos. En fin. Respecto al embozado, éste se había descubierto al entrar, y ahora Alatriste podía verle la cara a la luz del farol que había sobre la mesa, iluminando a los cuatro hombres y las paredes de una vieja biblioteca polvorienta y roída por los ratones: era alto, flaco y silencioso; rondaba los treinta y tantos años, tenía el rostro picado con antiguas marcas de viruela, y un bigote fino y muy recortado le daba cierto aspecto extraño, extranjero. Sus ojos y el pelo, largo hasta los hombros, eran negros como el resto de su indumentaria, y llevaba al cinto una espada con exagerada cazoleta redonda de acero y prolongados gavilanes, que nadie, sino un esgrimidor consumado, se hubiera atrevido a exponer a las burlas de la gente sin los arrestos y la destreza precisos para respaldar, por vía de hechos, la apariencia de semejante tizona. Pero aquel fulano no tenía aspecto de permitir que se burlaran de él ni tanto así. Era de esos que buscas en un libro las palabras espadachín y asesino, y sale su retrato.

—Son dos caballeros extranjeros, jóvenes —prosiguió el enmascarado de la cabeza redonda—. Viajan de incógnito, así que sus auténticos nombres y condición no tienen importancia. El de más edad se hace llamar Thomas Smith y no pasa de treinta años. El otro, John Smith, tiene apenas veintitrés. Entrarán en Madrid a caballo, solos, la noche de mañana viernes. Cansados, imagino, pues viajan desde hace días. Ignoramos por qué puerta pasarán, así que lo más seguro parece aguardarlos cerca de su punto de destino, que es la casa de las Siete Chimeneas... ¿La conocen vuestras mercedes?

Diego Alatriste y su compañero movieron afirmativamente la cabeza. Todo el mundo en Madrid conocía la residencia del conde de Bristol, embajador de Inglaterra.

—El negocio debe transcurrir —continuó el enmascarado— como si los dos viajeros fuesen víctimas de un asalto de vulgares salteadores. Eso incluye quitarles cuanto llevan. Sería conveniente que el más rubio y arrogante, que es el mayor, quede herido; una cuchillada en una pierna o un brazo, pero de poca gravedad. En cuanto al más joven, basta con dejarlo librarse con un buen susto —en este punto, el que hablaba se volvió ligeramente hacia el hombre corpulento, como en espera de su aprobación—. Es importante hacerse con cuanta carta y documento lleven encima, y entregarlos puntualmente.

—¿A quién? —preguntó Alatriste.

—A alguien que aguardará al otro lado del Carmen Descalzo. El santo y seña es *Monteros* y *Suizos*.

Mientras hablaba, el hombre de la cabeza redonda introdujo una mano en el ropón oscuro que cubría su traje y sacó una pequeña bolsa. Por un instante Alatriste creyó entrever en su pecho el extremo rojo del bordado de una cruz de la Orden de Calatrava, pero su atención no tardó en desviarse hacia el dinero que el enmascarado ponía sobre la mesa: la luz del farol hacía relucir cinco doblones de a cuatro para su compañero, y cinco para él. Monedas limpias, bruñidas. Poderoso caballero, habría dicho don Francisco de Quevedo, de terciar en aquel lance. Metal bendito, recién acuñado con el escudo del rey nuestro señor. Gloria pura con la que comprar cama, comida, vestido y el calor de una mujer.

—Faltan diez piezas de oro —dijo el capitán—. Para cada uno.

El tono del otro se volvió desabrido:

—Quien aguarda mañana por la noche entregará el resto, a cambio de los documentos que llevan los viajeros.

—¿Y si algo sale mal?

Los ojos del enmascarado corpulento a quien su acompañante había llamado Excelencia parecieron perforar al capitán a través de los agujeros del antifaz.

—Es mejor, por el bien de todos, que nada salga mal —dijo.

Su voz había sonado con ecos de amenaza, y era evidente que amenazar formaba parte del tipo de cosas que aquel individuo disponía a diario. También saltaba a la vista que era de los que sólo necesitan amenazar una vez, y las más de las veces ni siquiera eso. Aun así, Alatriste se retorció con dos dedos una guía del mostacho mientras le sostenía al otro la mirada, ceñudo y con las plantas bien afirmadas en el suelo, resuelto a no dejarse impresionar ni por una Excelencia ni por el Sursum Corda. No le gustaba que le pagasen a plazos, y menos que le leyeran la cartilla, de noche y a la luz de un farol, dos desconocidos que se ocultaban tras sendas máscaras y encima no liquidaban al contado. Pero su compañero del rostro con marcas de viruela, menos quisquilloso, parecía interesado en otras cuestiones:

—¿Qué pasa con las bolsas de los dos pardillos? —le oyó preguntar—… ¿También hemos de entregarlas?

Italiano, dedujo el capitán al oír su acento. Hablaba quedo y grave, casi confidencial, pero de un modo apagado, áspero, que producía una incómoda desazón. Como si alguien le hubiera quemado las cuerdas vocales con alcohol puro. En lo formal, el tono de aquel individuo era respetuoso; pero había una nota falsa en él. Una especie de insolencia no por disimulada menos inquietante. Miraba a los enmascarados con una sonrisa, que era a un tiempo amistosa y siniestra, blanqueándole bajo el bigote recortado. No resultaba difícil imaginarlo con el mismo gesto mientras su cuchilla, ris, ras, rasgaba la ropa de un cliente con la carne que hubiera debajo. Aquélla era una sonrisa tan desproporcionadamente simpática que daba escalofríos.

—No es imprescindible —respondió el de la cabeza redonda, tras consultar en silencio con el otro enmascarado, que asintió—. Las bolsas pueden quedárselas vuestras mercedes, si lo desean. Como gajes.

El italiano silbó entre dientes un aire musical parecido a la chacona, algo como *tirurí-ta-ta* repetido un par de veces, mientras miraba de soslayo al capitán:

—Creo que me va a gustar este trabajo.

La sonrisa le había desaparecido de la boca para refugiarse en los ojos negros, que relucieron de modo peligroso. Aquélla fue la primera vez que Alatriste vio sonreír a Gualterio Malatesta. Y sobre ese encuentro, preludio de una larga y accidentada serie, el capitán me contaría más tarde que, en el mismo instante, su pensamiento fue que si alguna vez alguien le dirigía una sonrisa como aquélla en un callejón solitario, no se la haría repetir dos veces antes de echar mano a la blanca y desenvainar como un rayo. Cruzarse con aquel personaje era sentir la necesidad urgente de madrugar antes que, de modo irreparable, te madrugara él. Imaginen vuestras mercedes una serpiente cómplice y peligrosa, que nunca sabes de qué lado está hasta que compruebas que sólo está del suyo propio, y todo lo demás se le da una higa. Uno de esos fulanos atravesados, correosos, llenos de recovecos sombríos, con los que tienes la certeza absoluta de que nunca debes bajar la guardia, y de que más vale largarle una buena estocada, por si las moscas, antes que te la aseste él a ti.

El enmascarado corpulento era hombre de pocas palabras. Todavía aguardó un rato en silencio, escuchando con atención cómo el de la cabeza redonda explicaba a Diego Alatriste y al italiano los últimos detalles del asunto. Un par de veces movió afirmativamente la cabeza, mostrando aprobación a lo que oía. Luego dio media vuelta y anduvo hasta la puerta.

—Quiero poca sangre —le oyeron insistir por última vez, desde el umbral.

Por los indicios anteriores, el tratamiento, y sobre todo por el gesto de profundo respeto que le dedicó el otro enmascarado, el capitán dedujo que quien acababa de irse era persona de muy alta condición. Aún pensaba en ello cuando el de la cabeza redonda apoyó una mano en la mesa y miró a los dos espadachines a través de los agujeros de su careta, con atención extrema. Había un brillo nuevo e inquietante en su mirada, como si todavía no estuviese dicho todo. Se instaló entonces un incómodo silencio en la habitación llena de sombras, y Alatriste y el italiano se observaron un momento de soslayo, preguntándose sin palabras qué quedaba todavía por saber. Frente a ellos, inmóvil, el enmascarado parecía aguardar algo, o a alguien.

La respuesta llegó al cabo de un momento, cuando un tapiz disimulado en la penumbra del cuarto, entre los estantes de libros, se movió para descubrir una puerta escondida en la pared, y en ella vino a destacarse una silueta oscura y siniestra, que alguien menos templado que Diego Alatriste habría tomado por una aparición. El recién llegado dio unos pasos, y la luz del farol sobre la mesa le iluminó el rostro marcando oquedades en sus mejillas afeitadas y hundidas, sobre las que un par de ojos coronados por espesas cejas brillaban, febriles. Vestía el hábito religioso negro y blanco de los dominicos, y no iba enmascarado, sino a rostro descubierto: un rostro flaco, ascético, al que los ojos relucientes daban expresión de fanática firmeza. Debía de andar por los cincuenta y tantos años. El cabello gris lo llevaba corto, en forma de casquete alrededor de las sienes, con una gran tonsura en la parte superior. Las manos, que sacó de las mangas del hábito al entrar en la habitación, eran secas y descarnadas, igual que las de un cadáver. Tenían aspecto de ser heladas como la muerte.

El enmascarado de la cabeza redonda se volvió hacia el fraile, con extrema deferencia:

—¿Lo ha oído todo Vuestra Paternidad?

Afirmó el dominico con un gesto seco, breve; sin apartar los ojos de Alatriste y el italiano, como si estuviese valorándolos. Luego se volvió al enmascarado, y, cual si el gesto fuese una señal o una orden, éste se dirigió de nuevo a los dos espadachines.

—El caballero que acaba de marcharse —dijo— es digno de todo nuestro respeto y consideración. Pero no es él solo quien decide este negocio, y resulta conveniente que algunas cosas las maticemos un poco.

Al llegar a ese punto, el enmascarado cambió una breve mirada con el fraile, en espera de su aprobación antes de continuar; pero el otro permaneció impasible.

—Por razones de alta política —prosiguió entonces—, y a pesar de cuanto el caballero que acaba de dejarnos ha dicho, los dos ingleses deben ser neutralizados de modo —hizo una pausa, cual si buscase palabras apropiadas bajo la máscara—... más contundente —dirigió de nuevo un rápido vistazo al fraile—. O definitivo.

—Vuestra merced quiere decir... —empezó Diego Alatriste, que prefería las cosas claras.

El dominico, que había escuchado en silencio y parecía impacientarse, lo atajó alzando una de sus huesudas manos.

—Quiere decir que los dos herejes deben morir.

—¿Los dos?

—Los dos.

Junto a Alatriste, el italiano volvió a silbar entre dientes el aire musical. Tirurí-ta-ta. Sonreía entre interesado y divertido. Por su parte, perplejo, el capitán miró el dinero que había sobre la mesa. Luego meditó un poco y se encogió de hombros.

—Igual da —dijo—. Y a mi compañero no parece importarle demasiado el cambio de planes.

—Que me place —apuntó el italiano, todavía sonriente.

—Incluso facilita las cosas —prosiguió Alatriste, ecuánime—. De noche, herir a uno o dos hombres resulta más complicado que despacharlos del todo.

—El arte de lo simple —terció el otro.

Ahora el capitán miraba al hombre de la máscara.

—Sólo hay algo que me preocupa —dijo Alatriste—. El caballero que acaba de marcharse parece gente de calidad, y ha dicho que no desea que matemos a nadie... No sé lo que piensa mi compañero, mas yo lamentaría indisponerme con ese a quien vos mismo habéis llamado Excelencia, sea quien sea, por complacer a vuestras mercedes.

—Puede haber más dinero —apuntó el enmascarado, tras ligera vacilación.

—Sería útil precisar cuánto.

—Otras diez piezas de a cuatro. Con las diez pendientes, y estas cinco, suman veinticinco doblones para cada uno. Más las bolsas de los señores Thomas y John Smith.

—A mí me acomoda —dijo el italiano.

Era obvio que igual le daban dos que veinte; heridos, muertos o en escabeche. Por su parte, Alatriste reflexionó de nuevo un instante, y luego negó con la cabeza. Aquéllos eran muchos doblones por agujerearle el pellejo a un par de don nadies. Y ahí estaba justo lo malo de tan extraño negocio: demasiado bien pagado como para no resultar inquietante. Su instinto de viejo soldado olfateaba peligro.

—No es cuestión de dinero.

—Sobran aceros en Madrid —insinuó el de la máscara, irritado; y el capitán no supo si se refería a la búsqueda de un sustituto, o a alguien que le ajustara las cuentas si rechazaba el nuevo trato. La posibilidad de que fuese una amenaza no le gustó. Por costumbre, se retorció el bigote con la mano derecha, mientras la zurda se apoyaba despacio en el pomo de la espada. El gesto no pasó inadvertido a nadie.

En ese momento, el fraile se encaró con Alatriste. Su rostro de asceta fanático se había endurecido, y los ojos hundidos en las cuencas asaeteaban a su interlocutor, arrogantes.

—Soy —dijo con voz desagradable— el padre Emilio Bocanegra, presidente del Santo Tribunal de la Inquisición.

Al decir aquello pareció que un viento helado cruzaba de parte a parte la habitación. Y acto seguido, en el mismo tono, el fraile detalló a Diego Alatriste y al italiano, de modo sucinto y con suma aspereza, que él no necesitaba máscara, ni ocultar su identidad, ni venir a ellos como un ladrón en la noche, porque el poder que Dios había puesto en sus manos bastaba para aniquilar en el acto a cualquier enemigo de la Santa Madre Iglesia y de Su Católica Majestad el rey de las Españas. Dicho lo cual, y mientras sus interlocutores tragaban saliva de modo ostensible, hizo una pausa para comprobar el efecto de sus palabras y prosiguió, en el mismo tono amenazante:

—Sois manos mercenarias y pecadoras, manchadas de sangre como vuestras espadas y vuestra conciencia. Pero el Todopoderoso escribe recto con renglones torcidos.

Los renglones torcidos cambiaron entre sí una mirada inquieta mientras el fraile proseguía su discurso. Esta noche, dijo, se os confía una tarea de inspiración sagrada, etcétera. La cumpliréis a rajatabla, porque de ese modo servís a la Justicia Divina. Si os negáis, si escurrís el bulto, caerá sobre vosotros la cólera de Dios, mediante el brazo largo, terrible, del Santo Oficio. Arrieros somos.

Dicho aquello, el dominico quedó en silencio y nadie osó pronunciar palabra. Hasta al italiano se le había olvidado la musiquilla, lo que ya era mucho decir. En la España de aquella época, enemistarse con la poderosa Inquisición significaba afrontar una serie de horrores que a menudo incluían prisión, tortura, hoguera y muerte. Hasta los hombres más crudos temblaban a la sola mención del Santo Oficio; y por su parte, Diego Alatriste, como todo Madrid, conocía bien la fama implacable de fray Emilio Bocanegra, presidente del Consejo de los Seis Jueces, cuya influencia llegaba hasta el Gran Inquisidor y hasta los corredores privados del Alcázar Real.

Sólo una semana antes, por causa del llamado *crimen pessimum* o crimen nefando, el padre Bocanegra había convencido a la Justicia para quemar en la Plaza Mayor a cuatro criados jóvenes del conde de Montoprieto, que se delataron unos a otros como sodomitas en el potro del tormento inquisitorial. En cuanto al conde, un aristócrata maduro, soltero y melancólico, su título de grande de España lo había librado por los pelos de sufrir idéntica suerte, y el rey se contentó con firmar un decreto para incautarse de sus posesiones y desterrarlo a Italia. El despiadado padre Bocanegra había llevado todo el procedimiento de modo personal, y aquel triunfo acababa de afianzar su temible poder en la Corte. Hasta el conde de Olivares, privado del rey, procuraba estar a bien con el feroz dominico.

Allí no cabía ni parpadear. Con un suspiro interior, el capitán Alatriste comprendió que los dos ingleses, fueran quienes fuesen y a pesar de las buenas intenciones del enmascarado corpulento, estaban sentenciados sin remedio. Con la Iglesia habían topado, y discutir más resultaba, amén de inútil, peligroso.

—¿Qué hay que hacer? —dijo por fin, resignado a lo inevitable.

—Matarlos sin cuartel —respondió fray Emilio en el acto, con el fuego fanático devorándole la mirada.

—¿Sin saber quiénes son?

—Ya hemos dicho quiénes son —apuntó el enmascarado de la cabeza redonda—. Micer Thomas y micer John Smith. Viajeros ingleses.

—Y anglicanos impíos —apostilló el fraile con voz crispada de ira—. Pero no os importa quiénes sean. Basta con que pertenezcan a un país de herejes y a una raza pérfida, funesta para España y la religión católica. Al ejecutar en ellos la justicia de Dios, rendiréis un servicio valioso al Todopoderoso y a la Corona.

Dicho esto, el fraile sacó otra bolsa con veinte monedas de oro y la arrojó con desdén sobre la mesa.

—Ya veis —añadió— que, a diferencia de la terrena, la justicia divina paga por adelantado, aunque cobre a plazo —miraba al capitán y al italiano como grabándose sus caras en la memoria—. Nadie escapa a sus ojos, y Dios sabe muy bien dónde reclamar sus deudas.

Diego Alatriste hizo amago de asentir. Era hombre de agallas, pero el gesto iba encaminado a disimular un estremecimiento. La luz del farol daba un aspecto diabólico al fraile, y la amenaza de sus palabras bastaba para alterar la compostura del más valiente. Junto al capitán, el italiano estaba pálido, esta vez sin tirurí-ta-ta y sin sonrisa. Ni siquiera el enmascarado de la cabeza redonda se atrevía a abrir la boca.

# Capítulo III

# UNA PEQUEÑA DAMA

Quizá porque la verdadera patria de un hombre es su niñez, a pesar del tiempo transcurrido recuerdo siempre con nostalgia la taberna del Turco. Ni ese lugar, ni el capitán Alatriste, ni aquellos azarosos años de mi mocedad existen ya; pero en tiempos de nuestro Cuarto Felipe la taberna era una de las cuatrocientas donde podían apagar su sed los 70.000 vecinos de Madrid —salíamos a una taberna por cada 175 individuos—, sin contar mancebías, garitos de juego y otros establecimientos públicos de moral relajada o equívoca, que en aquella España paradójica, singular e irrepetible, se veían tan frecuentados como las iglesias, y a menudo por la misma gente.

La del Turco era en realidad un bodegón de los llamados de comer, beber y arder, situado en la esquina de las calles de Toledo y del Arcabuz, a quinientos pasos de la Plaza Mayor. Las dos habitaciones donde vivíamos Diego Alatriste y yo se encontraban sobre ella; y en cierto modo aquel tugurio hacía las veces de cuarto de estar de nuestra casa. Al capitán le gustaba bajar y sentarse allí a matar el tiempo cuando no tenía nada mejor que hacer, que eran las más de las veces. A pesar del olor a fritanga y el humo de la cocina, la suciedad del suelo y las mesas, y los ratones que correteaban perseguidos por el gato o a la caza de migas de pan, el lugar resultaba confortable. También era entretenido, porque solían frecuentarlo viajeros de la posta, golillas, escribanos, ministriles, floristas y tenderos de las cercanas plazas de la Providencia y la Cebada, y también antiguos soldados atraídos por la proximidad de las calles principales de la ciudad y el mentidero de San Felipe el Real. Sin desdeñar la belleza —algo ajada pero aún espléndida— y la antigua fama de la tabernera, el vino de Valdemoro, el moscatel, o el oloroso de San Martín de Valdeiglesias; amén de la circunstancia oportunísima de que el local tuviese una puerta trasera que daba a una corrala y a otra calle; procedimiento muy útil para esquivar la visita de alguaciles, corchetes, acreedores, poetas, amigos pidiendo dinero y otras gentes maleantes e inoportunas. En cuanto a Diego Alatriste, la mesa que Caridad la Lebrijana le reservaba cerca de la puerta era cómoda y soleada, y a veces le acompañaba el vino, desde la cocina, con un pastelillo de carne o unos chicharrones. De su juventud, de la que nunca hablaba ni poco ni mucho, el capitán conservaba cierta afición a la lectura; y no era infrecuente verlo sentado en su mesa, solo, la espada y el sombrero colgados en un clavo de la pared, leyendo la impresión de la última obra estrenada por Lope —que era su autor favorito— en los corrales del Príncipe o de la Cruz, o alguna de las gacetas y hojas sueltas con versos satíricos y anónimos que corrían por la Corte en aquel tiempo a la vez

50

magnífico, decadente, funesto y genial, poniendo como sotana de dómine al valido, a la monarquía y al lucero del alba; en muchos de los cuales, por cierto, Alatriste reconocía el corrosivo ingenio y la proverbial mala uva de su amigo, el irreductible gruñón y popular poeta don Francisco de Quevedo:

> *Aquí yace Misser de la Florida*
> *y dicen que le hizo buen provecho*
> *a Satanás su vida.*
> *Ningún coño le vio jamás arrecho.*
> *De Herodes fue enemigo y de sus gentes,*
> *no porque degolló los inocentes,*
> *mas porque, siendo niños y tan bellos,*
> *los mandó degollar y no jodellos.*

Y otras lindezas por el estilo. Imagino que mi pobre madre viuda, allá en su pueblecito vasco, no habría estado muy tranquila de imaginar a qué extrañas compañías me vinculaba el oficio de paje del capitán. Pero, en lo que al jovencísimo Íñigo Balboa se refiere, a mis trece años todo aquello suponía un espectáculo fascinante, y una muy singular escuela de vida. Ya referí hace un par de capítulos que tanto don Francisco como el Licenciado Calzas, Juan Vicuña, el Dómine Pérez, el boticario Fadrique y los otros amigos del capitán solían frecuentar la taberna, enzarzándose en largas discusiones sobre política, teatro, poesía o mujeres, sin olvidar un puntual seguimiento de las muchas guerras en las que había andado o andaba envuelta aquella pobre España nuestra, todavía poderosa y temida en el exterior, pero tocada de muerte

51

en el alma. Guerras cuyos campos de batalla era diestro en reproducir sobre la mesa, usando trozos de pan, cubiertos y jarras de vino, el extremeño Juan Vicuña; que por ser antiguo sargento de caballos, mutilado en Nieuport, se las daba de consumado estratega. A lo de las guerras le había vuelto sobrada actualidad, pues cuando el asunto de los enmascarados y los ingleses iban ya para dos o tres, creo recordar, los años de la reanudación de hostilidades en los Países Bajos, expirada la tregua de doce que el difunto y pacífico rey don Felipe Tercero, padre de nuestro joven monarca, había firmado con los holandeses. Esa larga tregua, o sus efectos, era precisamente causa de que tantos soldados veteranos anduviesen todavía sin trabajo por las Españas y el resto del mundo, incrementando las filas de desocupados fanfarrones, jaques y valentones dispuestos a alquilar su brazo para cualquier felonía barata; y que entre ellos se contara Diego Alatriste. Sin embargo, el capitán pertenecía a la variedad silenciosa, y nunca lo vio nadie alardear de campañas o heridas, a diferencia de tantos otros; además, cuando volvió a redoblar el tambor de su viejo Tercio, Alatriste, como mi padre y tantos otros hombres valientes, se había apresurado a alistarse de nuevo con su antiguo general, don Ambrosio Spínola, y a intervenir en lo que hoy conocemos como principio de la Guerra de los Treinta Años. En ella habría servido ininterrumpidamente de no mediar la gravísima herida que recibió en Fleurus. De cualquier modo, aunque la guerra contra Holanda y en el resto de Europa era tema de conversación en aquellos días, muy pocas veces oí al capitán referirse a su vida de soldado. Eso me hizo admirarlo todavía más, acostumbrado a cruzarme con varios cientos que, entre escupir por el colmillo y fantasear sobre Flandes, pasaban el día hablando alto y galleando sobre supuestas hazañas, mientras hacían sonar por la Puerta del Sol o la calle Montera la punta de su espada, o se pavoneaban en las gradas de San Felipe con el cinto coruscado de cañones de hojalata llenos de menciones honoríficas por sus campañas y valor acreditado, todas ellas más falsas que un doblón de plomo.

Había llovido un poco muy de mañana y quedaban huellas de barro por el suelo de la taberna, con ese olor a humedad y serrín que en los lugares públicos dejan los días de agua. El cielo se despejaba, y un rayo de sol, tímido primero y seguro de sí un poco más tarde, encuadraba la mesa donde Diego Alatriste, el Licenciado Calzas, el Dómine Pérez y Juan Vicuña componían tertulia después del yantar. Yo estaba sentado en un taburete cerca de la puerta, haciendo prácticas de caligrafía con una pluma de ave, un tintero y una resma de papel que el Licenciado me había traído a sugerencia del capitán:

—Así podrá instruirse y estudiar leyes para sangrar de su último maravedí a los pleiteantes; como hacen vuestras mercedes los abogados, escribanos y otras gentes de mal vivir.

Calzas se había echado a reír. Gozaba de excelente carácter, una especie de cínico buen humor a prueba de cualquier cosa, y su amistad con Diego Alatriste era antigua y confianzuda.

—A fe mía que gran verdad es ésa —había sentenciado, risueño, guiñándome un ojo—. La pluma, Íñigo,
es más rentable que la espada.

—*Longa manus calami* —apostilló por su cuenta el
Dómine.

Principio en que todos los contertulios estuvieron
de acuerdo, por unanimidad o por disimular la ignorancia del latín. Al día siguiente el Licenciado me trajo recado de escribir, que sin duda había distraído con habilidad
de los juzgados donde se ganaba la vida con no poca holgura merced a las corruptelas propias de su oficio. Alatriste no dijo nada, ni me aconsejó el uso a dar a la pluma, el papel y la tinta. Pero leí la aprobación en sus ojos
tranquilos cuando vio que me sentaba junto a la puerta a
practicar caligrafía. Lo hice copiando unos versos de
Lope que había oído recitar varias veces al capitán, entre
los de aquellas noches en que la herida de Fleurus lo
atormentaba más de la cuenta:

> *Aún no ha venido el villano*
> *que me prometió venir*
> *a ser honrado en morir*
> *de mi hidalga y noble mano…*

El hecho de que el capitán riese de vez en cuando
entre dientes al recitar aquello, tal vez para disimular los
pesares de su vieja herida, no bastaba para empañar el
hecho de que a mí se me antojaran unos lindos versos.
Como aquellos otros, que también me aplicaba a escribir
esa mañana, por habérselos oído igualmente en sus noches en blanco a Diego Alatriste:

*Cuerpo a cuerpo he de matalle*
*donde Sevilla lo vea,*
*en la plaza o en la calle;*
*que al que mata y no pelea*
*nadie puede disculpalle;*
*y gana más el que muere*
*a traición, que el que le mata.*

Terminaba justo de escribir la última línea cuando el capitán, que se había levantado a beber un poco de agua de la tinaja, cogió el papel para echarle un vistazo. De pie a mi lado leyó los versos en silencio y luego me miró largamente: una de esas miradas que yo le conocía bien, serenas y prolongadas, tan elocuentes como podían serlo todas aquellas palabras que yo me acostumbré a leer en sus labios aunque nunca las pronunciara. Recuerdo que el sol, todavía un quiero y no puedo entre los tejados de la calle de Toledo, deslizó un rayo oblicuo que iluminó el resto de las hojas en mi regazo y los ojos glaucos, casi transparentes, del capitán, fijos en mí; terminando de secar la tinta aún fresca de los versos que Diego Alatriste tenía en la mano. No sonrió, ni hizo gesto alguno. Me devolvió la hoja sin decir palabra y volvió a la mesa; pero todavía lo vi dirigirme desde allí una última y larga mirada antes de enfrascarse de nuevo en la conversación con sus amigos.

Llegaron, con poco tiempo de diferencia, el Tuerto Fadrique y don Francisco de Quevedo. Fadrique venía de su botica de Puerta Cerrada; había estado preparando específicos para sus clientes, y traía el gaznate abrasado de vapores, mejunjes y polvos medicinales. Así que nada más llegar se calzó un cuartillo de vino de Valdemoro y empezó a detallarle al Dómine Pérez las propiedades laxantes de la corteza de nuez negra del Indostán. En ésas estábamos cuando apareció don Francisco de Quevedo, sacudiéndose el lodo que traía en los zapatos.

*El barro, que me sirve, me aconseja…*

Venía diciendo, malhumorado. Se detuvo a mi lado ajustándose los anteojos, echó un vistazo a los versos que copiaba y enarcó las cejas, complacido, al comprobar que no eran de Alarcón, ni de Góngora. Luego fue, con aquel paso cojitranco característico de sus pies torcidos —los tenía así desde niño, lo que no le impedía ser hombre ágil y diestro espadachín—, a sentarse a la mesa con el resto de sus contertulios. Allí echó mano a la jarra más próxima.

*Dame, no seas avaro,*
*el divino licor de Baco claro.*

Le dijo a Juan Vicuña. Era éste, como dije, un antiguo sargento de caballos, muy fuerte y corpulento, que había perdido la mano derecha en Nieuport y vivía de su beneficio, consistente en una licencia para explotar un garito o pequeña casa de juego. Vicuña le pasó una jarra de Valdemoro, y don Francisco, aunque prefería el blanco de Valdeiglesias, lo apuró de un trago, sin respirar.

—¿Cómo va lo del memorial? —se interesó Vicuña.

Se secaba el poeta la boca con el dorso de la mano. Algunas gotas de vino le habían caído sobre la cruz de Santiago que llevaba bordada en el pecho de la ropilla negra.

—Creo —dijo— que Felipe el Grande se limpia el culo con él.

—No deja de ser un honor —apuntó el Licenciado Calzas.

Don Francisco metió mano a otra jarra.

—En todo caso —hizo una pausa mientras bebía— el honor es para su real culo. El papel era bueno, de a medio ducado la resma. Y con mi mejor letra.

Venía bastante atravesado, pues no eran buenos tiempos para él, ni para su prosa, ni para su poesía, ni para sus finanzas. Hacía sólo unas semanas que el Cuarto Felipe había tenido a bien levantar la orden, de prisión primero y luego de destierro, que pesaba sobre él desde la caída en desgracia, dos o tres años atrás, de su amigo y protector el duque de Osuna. Rehabilitado por fin, don Francisco había podido regresar a Madrid; pero estaba ayuno de recursos monetarios, y el memorial que había dirigido al rey solicitando la antigua pensión de cuatrocientos escudos que se le debía por sus servicios en Italia —había llegado a ser espía en Venecia por cuenta del duque de Osuna— sólo gozaba de la callada por respuesta. Aquello lo enfurecía más, aguzaba su malhumor y su ingenio, que iban parejos, y contribuía a buscarle nuevos problemas.

—*Patientia lenietur Princeps* —lo consoló el Dómine Pérez—. La paciencia aplaca al soberano.

—Pues a mí me aplaca una higa, reverendo padre.

Miraba alrededor el jesuita con aire preocupado. Cada vez que uno de sus contertulios se metía en problemas, al Dómine Pérez le tocaba avalarlo ante la autoridad, como hombre de iglesia que era. Incluso absolvía de vez en cuando a sus amigos *sub conditione*, sin que éstos se lo pidieran. A traición, decía el capitán. Menos sinuoso que el común de los miembros de su Orden, el Dómine se creía a menudo en la honrada obligación de moderar trifulcas. Era hombre vivido, buen teólogo, comprensivo con las flaquezas humanas, benévolo y apacible en extremo. Eso le hacía tener manga ancha con sus semejantes, y su iglesia se veía concurrida por mujeres que acudían a reconciliar pecados, atraídas por su fama de poco riguroso en el tribunal de la penitencia. En cuanto a los asiduos de la taberna del Turco, nunca hablaban ante él de lances turbios ni de hembras; era ésa la regla en que basaba su compañía, comprensión y amistad. Los lances y amoríos, decía, los trato en el confesionario. Respecto a sus superiores eclesiásticos, cuando le reprochaban sentarse en la taberna con poetas y espadachines, solía responder que los santos se salvan solos, mientras que a los pecadores hay que ir a buscarlos donde se encuentran. Añadiré en su honor que apenas probaba el vino y nunca le oí decir mal de nadie. Lo que en la España de entonces y en la de ahora, incluso para un clérigo, resultaba insólito.

—Seamos prudentes, señor Quevedo —añadió aquella vez, afectuoso, tras el correspondiente latín—. No está vuestra merced en posición para murmurar ciertas cosas en voz alta.

Don Francisco miró al sacerdote, ajustándose los anteojos.

—¿Murmurar yo?… Erráis, Dómine. Yo no murmuro, sino que *afirmo* en voz alta.

Y puesto en pie, volviéndose hacia el resto de los parroquianos, recitó, con su voz educada, sonora y clara:

*No he de callar, por más que con el dedo,*
*ya tocando la boca, o ya la frente,*
*silencio avises, o amenaces miedo.*
*¿No ha de haber un espíritu valiente?*
*¿Siempre se ha de sentir lo que se dice?*
*¿Nunca se ha de decir lo que se siente?*

Aplaudieron Juan Vicuña y el Licenciado Calzas, y el Tuerto Fadrique asintió gravemente con la cabeza. El capitán Alatriste miraba a don Francisco con una sonrisa larga y melancólica, que éste le devolvió, y el Dómine Pérez abandonó la cuestión por imposible, concentrándose en su moscatel muy rebajado con agua. Volvía a la carga el poeta, emprendiéndola ahora con un soneto al que daba vueltas de vez en cuando:

*Miré los muros de la patria mía,*
*si un tiempo fuertes, ya desmoronados...*

Pasó Caridad la Lebrijana llevándose las jarras vacías y pidió moderación antes de alejarse con un movimiento de caderas que atrajo todos los ojos menos los del Dómine, concentrado en su moscatel, y los de don Francisco, perdidos en combate con silenciosos fantasmas:

*Entré en mi casa, vi que amancillada*
*de anciana habitación era despojos;*
*mi báculo, más corvo y menos fuerte.*
*Vencida de la edad sentí mi espada,*
*y no hallé cosa en que poner los ojos*
*que no fuese recuerdo de la muerte.*

Entraban en la taberna unos desconocidos, y Diego Alatriste puso una mano sobre el brazo del poeta, tranquilizándolo. «*¡El recuerdo de la muerte!*», repitió don Francisco a modo de conclusión, ensimismado, sentándose mientras aceptaba la nueva jarra que el capitán le ofrecía. En realidad, el señor de Quevedo siempre iba y venía por la Corte entre dos órdenes de prisión o dos destierros. Quizá por eso, aunque alguna vez compró casas cuyas rentas le estafaban los administradores, nunca quiso tener morada fija propia en Madrid, y solía alojarse en posadas públicas. Breves treguas hacían las adversidades, y cortos eran los períodos de bonanza con aquel hombre singular, coco de sus enemigos y gozo de sus amigos, que lo mismo era solicitado por nobles e ingenios de las letras, que se encontraba, en ocasiones, sin un ardite o maravedí en el bolsillo. Mudanzas son éstas de la fortuna, que tanto gusta de mudar, y casi nunca muda para nada bueno.

—No queda sino batirnos —añadió el poeta al cabo de unos instantes.

Había hablado pensativo, para sí mismo, ya con un ojo nadando en vino y el otro ahogado. Aún con la mano en su brazo, inclinado sobre la mesa, Alatriste sonrió con afectuosa tristeza.

—¿Batirnos contra quién, don Francisco?

Tenía el gesto ausente, cual si de antemano no esperase respuesta. El otro alzó un dedo en el aire. Sus anteojos le habían resbalado de la nariz y colgaban al extremo del cordón, dos dedos encima de la jarra.

—Contra la estupidez, la maldad, la superstición, la envidia y la ignorancia —dijo lentamente, y al hacerlo parecía mirar su reflejo en la superficie del vino—. Que es como decir contra España, y contra todo.

Escuchaba yo aquellas razones desde mi asiento en la puerta, maravillado e inquieto, intuyendo que tras las palabras malhumoradas de don Francisco había motivos oscuros que no alcanzaba a comprender, pero que iban más allá de una simple rabieta de su agrio carácter. No entendía aún, por mis pocos años, que es posible hablar con extrema dureza de lo que se ama, precisamente porque se ama, y con la autoridad moral que nos confiere ese mismo amor. A don Francisco de Quevedo, eso pude entenderlo más tarde, le dolía mucho España. Una España todavía temible en el exterior, pero que a pesar de la pompa y el artificio, de nuestro joven y simpático rey, de nuestro orgullo nacional y nuestros heroicos hechos de armas, se había echado a dormir confiada en el oro y la plata que traían los galeones de Indias. Pero ese oro y esa plata se perdían en manos de la aristocracia, el funcionariado y el clero, perezosos, maleados e improductivos, y se derrochaban en vanas empresas como mantener la costosa guerra reanudada en Flandes, donde poner una

61

pica, o sea, un nuevo piquero o soldado, costaba un ojo de la cara. Hasta los holandeses, a quienes combatíamos, nos vendían sus productos manufacturados y tenían arreglos comerciales en el mismísimo Cádiz para hacerse con los metales preciosos que nuestros barcos, tras esquivar a sus piratas, traían desde Poniente. Aragoneses y catalanes se escudaban en sus fueros, Portugal seguía sujeto con alfileres, el comercio estaba en manos de extranjeros, las finanzas eran de los banqueros genoveses, y nadie trabajaba salvo los pobres campesinos, esquilmados por los recaudadores de la aristocracia y del rey. Y en mitad de aquella corrupción y aquella locura, a contrapelo del curso de la Historia, como un hermoso animal terrible en apariencia, capaz de asestar fieros zarpazos pero roído el corazón por un tumor maligno, esa desgraciada España estaba agusanada por dentro, condenada a una decadencia inexorable cuya visión no escapaba a la clarividencia de aquel hombre excepcional que era don Francisco de Quevedo. Pero yo, en aquel entonces, sólo era capaz de advertir la osadía de sus palabras; y echaba ojeadas inquietas a la calle, esperando ver aparecer de un momento a otro a los corchetes del corregidor con una nueva orden de prisión para castigar su orgullosa imprudencia.

Fue entonces cuando vi la carroza. Sería mendaz por mi parte negar que esperaba su paso, que tenía lugar por la calle de Toledo más o menos a la misma hora dos o tres veces por semana. Era negra, forrada con cuero y terciopelo rojo, y el cochero no iba en el pescante arreando el tiro de dos mulas, sino que cabalgaba una de ellas, como era habitual en ese tipo de carruajes. El coche tenía un aspecto sólido pero discreto, habitual en propietarios que gozaban de buena posición pero no tenían derecho, o deseos, de mostrarse en exceso. Algo propio de comerciantes ricos, o de altos funcionarios que sin pertenecer a la nobleza desempeñaban puestos poderosos en la Corte.

A mí, sin embargo, no me importaba el continente, sino el contenido. Aquella mano todavía infantil, blanca como papel de seda, que asomaba discretamente apoyada en el marco de la ventanilla. Aquel reflejo dorado de cabello largo y rubio peinado en tirabuzones. Y los ojos. A pesar del tiempo transcurrido desde que los vi por primera vez, y de las muchas aventuras y sinsabores que aquellos iris azules iban a introducir en mi vida durante los años siguientes, todavía hoy sigo siendo incapaz de expresar por escrito el efecto de esa mirada luminosa y purísima, tan engañosamente limpia, de un color idéntico a los cielos de Madrid que, más tarde, supo pintar como nadie el pintor favorito del rey nuestro señor, don Diego Velázquez.

Por esa época, Angélica de Alquézar debía de tener once o doce años, y ya era un prometedor anuncio de la espléndida belleza en que se convertiría más tarde, y de la que dio buena cuenta el propio Velázquez en el cuadro famoso para el que ella posaría tiempo después, hacia 1635. Pero más de una década antes, en aquellas mañanas de marzo que precedieron a la aventura de los ingleses, yo ignoraba la identidad de la jovencita, casi niña, que cada dos o tres días recorría en carroza la calle de Toledo, en dirección a la Plaza Mayor y el Palacio Real, donde —supe más tarde— asistía a la reina y las princesas jóvenes como menina, merced a la posición de su tío el aragonés Luis de Alquézar, a la sazón uno de los más influyentes secretarios del rey. Para mí, la jovencita rubia de la carroza era sólo una visión celestial, maravillosa, tan lejos de mi pobre condición mortal como podían estarlo el sol o la más bella estrella de esa esquina de la calle de Toledo, donde las ruedas del carruaje y las patas de las mulas salpicaban de barro, altaneras, a quienes se cruzaban en su camino.

Aquella mañana algo alteró la rutina. En vez de pasar como siempre ante la taberna para seguir calle arriba, permitiéndome la acostumbrada y fugaz visión de su rubia pasajera, el carruaje se detuvo antes de llegar a mi altura, a una veintena de pasos de la taberna del Turco. Un trozo de duela se había adherido con el lodo a una de las ruedas, girando con ella hasta bloquear el eje; y el cochero no tuvo más remedio que detener las mulas y echar pie a tierra, o al barro para ser exactos, a fin de eliminar el obstáculo. Ocurrió que un grupo de mozalbetes habituales de la calle se acercó a hacer burla del cochero, y éste, malhumorado, echó mano al látigo para ahuyentarlos. Nunca lo hiciera. Los pilluelos de Madrid, en aquella época, eran zumbones y reñidores como moscas borriqueras —*que a ser en Madrid nacido supiera reñir mejor*, decía una vieja jácara—, y además no todos los días se brindaba como diversión una carroza para ejercitar la puntería. Así que, armados con pellas de barro, empezaron a hacer gala de un tino en el manejo de sus proyectiles que ya hubieran querido para sí los más hábiles arcabuceros de nuestros tercios.

Me levanté, alarmado. La suerte del cochero me importaba un bledo, pero aquel carruaje transportaba algo que, a tales alturas de mi joven vida, era la más preciosa carga que podía imaginar. Además, yo era hijo de Lope Balboa, muerto gloriosamente en las guerras del rey nuestro señor. Así que no tenía elección. Resuelto a batirme en el acto por quien, aún desde lejos y con el máximo respeto, consideraba mi dama, cerré contra los pequeños malandrines, y en dos puñadas y cuatro puntapiés disolví la fuerza enemiga, que se esfumó en rápida retirada dejándome dueño del campo.

El impulso de la carga —con mi secreto anhelo, todo hay que decirlo— me había llevado junto al carruaje. El cochero no era hombre agradecido; así que tras mirarme con hosquedad, reanudó su trabajo. Estaba a punto de retirarme cuando los ojos azules aparecieron en la ventanilla. La visión me clavó en el suelo, y sentí que el rubor subía a mi cara con la fuerza de un pistoletazo. La niña, la jovencita, me miraba con una fijeza que habría hecho dejar de correr el agua en el caño de la fuente cercana. Rubia. Pálida. Bellísima. Para qué les voy a contar. Ni siquiera sonreía, limitándose a mirarme con curiosidad. Era evidente que mi gesto no había pasado inadvertido. En cuanto a mí, aquella mirada, aquella aparición, compensaba con creces todo el episodio. Hice un gesto con la mano, dirigiéndolo a un sombrero imaginario, y me incliné.

—Íñigo Balboa, a vuestro servicio —balbucí, aunque logrando dar a mis palabras cierta firmeza que juzgué galante—. Paje en casa del capitán don Diego Alatriste.

Impasible, la jovencita sostuvo mi mirada. El cochero había montado y arreaba el tiro, de modo que el carruaje volvió a ponerse en marcha. Di un paso atrás para esquivar las salpicaduras de las ruedas, y en ese momento ella apoyó una mano diminuta, perfecta, blanca de nácar, en el marco de la ventanilla, y yo me sentí como si acabara de darme a besar esa mano. Entonces su boca, perfectamente dibujada en suaves labios pálidos, se curvó un poco, ligeramente; apenas un mínimo gesto que podía interpretarse como una sonrisa distante, muy enigmática y misteriosa. Oí restallar el látigo del cochero, y el carruaje arrancó para llevarse con él esa sonrisa que todavía hoy ignoro si fue real o imaginada. Y yo me quedé en mitad de la calle, enamorado hasta el último rincón de mi corazón, viendo alejarse a aquella niña semejante a un ángel rubio e ignorando, pobre de mí, que acababa de conocer a mi más dulce, peligrosa y mortal enemiga.

# Capítulo IV

# LA EMBOSCADA

En marzo anochecía pronto. Aún quedaba un rastro de claridad en el cielo; pero las calles estrechas, bajo los aleros sombríos de los tejados, estaban negras como boca de lobo. El capitán Alatriste y su compañero habían elegido una travesía angosta, oscura y solitaria, por la que los dos ingleses iban a pasar forzosamente cuando se encaminaran a la casa de las Siete Chimeneas. Un mensajero había avisado de la hora y el itinerario. También había aportado la más reciente descripción, para evitar errores: micer Thomas Smith, el joven más rubio y de más edad, montaba un caballo tordo y vestía un traje de viaje gris con adornos discretos de plata, botas altas de piel también teñida de gris, y un sombrero con cinta del mismo color. En cuanto a micer John Smith, el más joven, montaba un bayo. Su traje era de color castaño, con botas de cuero y sombrero con tres pequeñas plumas blancas. Ambos tenían aspecto polvoriento y fatigado, de llevar varios días cabalgando. Su equipaje era escaso, contenido en dos portamanteos sujetos con correas a la grupa de sus cabalgaduras.

Oculto en la sombra de un portal, Diego Alatriste miró hacia el farol que él y su compañero habían colocado en un recodo de la calle, a fin de que iluminase a los viajeros antes de que éstos alcanzasen a verlos a ellos. La calle, que torcía en ángulo recto, arrancaba de la del Barquillo, junto al palacio del conde de Guadalmedina, y tras discurrir junto a la tapia del huerto del convento de los Carmelitas Descalzos iba a morir ante la casa de las Siete Chimeneas, en el cruce de la calle de Torres con la de las Infantas. El lugar elegido para la encerrona era el primer tramo con su ángulo más oscuro, estrecho y solitario, donde dos jinetes atacados por sorpresa podían ser desmontados con facilidad.

Refrescaba un poco, y el capitán se embozó mejor en su capa nueva, comprada con el adelanto en oro de los enmascarados. Al hacerlo tintineó el hierro que llevaba oculto debajo: roce de la daga vizcaína con la empuñadura de la espada, y con la culata de la pistola cargada y bien cebada que guardaba en la parte posterior del cinto, por si era necesario recurrir, en última instancia, a ese expediente ruidoso y definitivo, prohibido expresamente por pragmáticas reales, pero que en lances difíciles era oportuno llevar encima, por si un aquel. Esa noche, Alatriste completaba su equipo con el coleto de cuero de búfalo que le protegía el torso de eventuales cuchilladas, y con la puntilla de matarife oculta en la caña de una de sus botas viejas, de suelas cómodas y gastadas que le permitirían afirmar bien los pies en tierra cuando empezara el baile.

*Oh, malhaya el hombre loco*
*que se desciñe la espada...*

Empezó a recitar entre dientes, para distraer la espera. Aún murmuró algunos fragmentos más del *Fuenteovejuna* de Lope, que era uno de sus dramas favoritos, antes de quedar de nuevo en silencio, oculto el rostro bajo el ala ancha del chapeo calado hasta las cejas. Otra sombra se movió ligeramente a unos pasos de su apostadero, bajo el arco de un portillo que daba a la huerta de los padres carmelitas. El italiano debía de estar tan entumecido como él, tras casi media hora larga de inmovilidad. Extraño personaje. Había acudido a la cita vestido de negro, envuelto en su capa negra y con sombrero negro, y su rostro cubierto de marcas de viruela sólo se había animado con una sonrisa cuando Alatriste propuso colocar el farol para iluminar el ángulo de la calle elegido para la emboscada.

—Que me place —se había limitado a decir con su voz ahogada, áspera—. Ellos en luz y nosotros en sombra. Visto y no visto.

Después se había puesto a silbar aquella musiquilla a la que parecía aficionado, tirurí-ta-ta, mientras en tono quedo, presto y profesional, se repartían los adversarios. Alatriste se ocuparía del mayor de los dos jóvenes, el inglés de traje gris y caballo tordo, mientras que el italiano despacharía al joven del traje marrón que montaba el bayo. Nada de pistoletazos, pues todo debía transcurrir con la discreción suficiente para, zanjada la cuestión, registrar los equipajes, encontrar los documentos y, por supuesto, aligerar a los fiambres del dinero que llevaran encima. Si levantaban mucho ruido y acudía gente, todo iba a irse al diablo. Además, la casa de las Siete Chimeneas no estaba lejos, y la servidumbre del embajador inglés podía venir en auxilio de sus compatriotas. Se trataba por tanto de un lance rápido y mortal: cling, clang, hola y adiós. Y todos al infierno, o a donde diablos fuesen los anglicanos herejes. Al menos esos dos no iban a pedir a gritos confesión como hacían los buenos católicos, despertando a medio Madrid.

El capitán se acomodó mejor la capa sobre los hombros y miró hacia el ángulo de la calle iluminado por la macilenta luz del farol. Bajo el paño cálido, su mano izquierda descansaba en el pomo de la espada. Por un instante se entretuvo intentando recordar el número de hombres que había matado: no en la guerra, donde a menudo resulta imposible conocer el efecto de una estocada o un arcabuzazo en mitad de la refriega, sino de cerca. Cara a cara. Eso del cara a cara era importante, o al menos lo era para él; pues Diego Alatriste, a diferencia de otros bravos a sueldo, jamás acuchillaba a un hombre por la espalda. Verdad es que no siempre ofrecía ocasión de ponerse en guardia de modo adecuado; pero también es cierto que nunca asestó una estocada a nadie que no estuviese vuelto hacia él y con la hoja fuera de la vaina, salvo algún centinela holandés degollado de noche. Pero ése era azar propio de la guerra, como lo fueron ciertos tudescos amotinados en Maastricht o el resto de los enemigos despachados en campaña. Tampoco aquello, en los tiempos que corrían, significaba gran cosa; pero el capitán era uno de esos hombres que necesitan coartadas que mantengan intacto, al menos, un ápice de propia estimación. En el tablero de la vida cada cual escaquea como puede; y por endeble que parezca, eso suponía su justificación, o su descargo. Y si no resultaba suficiente, como era obvio en sus ojos cuando el aguardiente asomaba a ellos todos los diablos que le retorcían el alma, sí le daba, al menos, algo a lo que agarrarse cuando la náusea era tan intensa que se sorprendía a sí mismo mirando con excesivo interés el agujero negro de sus pistolas.

Once hombres, sumó por fin. Sin contar la guerra, cuatro en duelos soldadescos de Flandes e Italia, uno en Madrid y otro en Sevilla. Todos por asuntos de juego, palabras inconvenientes o mujeres. El resto habían sido lances pagados: cinco vidas a tanto la estocada. Todos hombres hechos y derechos, capaces de defenderse y, algunos, rufianes de mala calaña. Nada de remordimientos, excepto en dos casos: uno, galán de cierta dama cuyo marido no contaba con agallas para afeitarse los cuernos él mismo, había bebido demasiado la noche que Diego Alatriste le salió al encuentro en una calle mal iluminada; y el capitán no olvidó nunca su mirada turbia, falta de comprensión ante lo que estaba ocurriendo, cuando apenas sacada la titubeante espada de la vaina el desgraciado se vio con un palmo de acero dentro del pecho. El otro había sido un lindo de la Corte, un mocito boquirrubio lleno de lazos y cintas cuya existencia molestaba al conde de Guadalmedina por cuestiones de pleitos, y de testamentos, y de herencias. Así que el de Guadalmedina le había encargado a Diego Alatriste simplificar los trámites legales. Todo se resolvió durante una excursión del joven, un tal marquesito Álvaro de Soto, a la fuente del Acero con unos amigos, para requebrar a las damas que acudían a tomar las aguas al otro lado de la puente segoviana. Un pretexto cualquiera, un empujón, un par de insultos que se cruzan, y el joven —apenas contaba veinte años— entró ciegamente a por uvas, echando mano fatal a la espada. Todo había ocurrido muy rápido; y antes de que nadie pudiera reaccionar, el capitán Alatriste y los dos secuaces que le cubrían la espalda se esfumaron, dejando al marquesito boca arriba y bien sangrado ante la mirada horrorizada de las damas y sus acompañantes. El asunto hizo algún ruido; pero las influencias de Guadalmedina procuraron resguardo al matador. Sin embargo, incómodo, Alatriste tuvo tiempo de llevarse consigo el recuerdo de la angustia en el pálido rostro del joven, que no deseaba batirse en absoluto con aquel desconocido de mostacho fiero, ojos claros y fríos y aspecto amenazador; pero que se vio forzado a meter mano al acero porque sus amigos y las damas lo estaban mirando. Sin preámbulos, el capitán le había atravesado el cuello con una estocada sencilla de círculo entero cuando el jovenzuelo aún intentaba acomodarse de modo airoso en guardia, recto el compás y ademán compuesto, intentando desesperadamente recordar las enseñanzas elegantes de su maestro de esgrima.

Once hombres, rememoró Alatriste. Y salvo el joven marqués y uno de los duelos flamencos, un tal soldado Carmelo Tejada, no era capaz de recordar el nombre de ninguno de los otros nueve. O tal vez no los había sabido nunca. De cualquier modo, allí, oculto en las sombras del portal, esperando a las víctimas de la emboscada, con el malestar de aquella herida reciente que lo mantenía anclado en la Corte, Diego Alatriste añoró una vez más los campos de Flandes, el crepitar de los arcabuces y el relinchar de los caballos, el sudor del combate junto a los camaradas, el batir de tambores y el paso tranquilo de los tercios entrando en liza bajo las viejas banderas. Comparada con Madrid, con aquella calle donde se disponía a matar a dos hombres a quienes no había visto en su vida, comparada con su propia memoria, la guerra, el campo de batalla, se le antojaban esa noche algo limpio y lejano, donde el enemigo era quien se hallaba enfrente y Dios —decían— siempre estaba de tu parte.

Dieron las ocho en la torre del Carmen Descalzo. Y sólo un poco más tarde, como si las campanadas de la iglesia hubieran sido una señal, un ruido de cascos de caballos se dejó oír al extremo de la calle, tras la esquina formada por la tapia del convento. Diego Alatriste miró hacia la otra sombra emboscada en el portillo, y el silbido de la musiquilla de su compañero le indicó que también estaba alerta. Soltó el fiador de la capa, despojándose de ella para que no le embarazase los movimientos, y la dejó doblada en el portal. Estuvo observando el ángulo de la calle alumbrado por el farol mientras el ruido de dos caballos herrados se acercaba despacio. La luz amarillenta iluminó un reflejo de acero desnudo en el escondrijo del italiano.

El capitán se ajustó el coleto de cuero y sacó la espada de la vaina. El ruido de herraduras sonaba en el mismo ángulo de la calle, y una primera sombra enorme, desproporcionada, empezó a proyectarse moviéndose a lo largo de la pared. Alatriste respiró hondo cinco o seis veces, para vaciar del pecho los malos humores; y sintiéndose lúcido y en buena forma salió del resguardo del portal, la espada en la diestra, mientras desenvainaba con la siniestra la daga vizcaína. A medio camino, de la tiniebla del portillo emergió otra sombra con un destello metálico en cada mano; y aquélla, junto a la del capitán, se movió por la calle al encuentro de las otras dos formas humanas que el farol ya proyectaba en la pared. Un paso, dos, un paso más. Todo estaba endiabladamente cerca en la estrecha calleja, y al doblar la esquina las sombras se encontraron en confuso desconcierto, reluciente acero y ojos espantados por la sorpresa, brusca respiración del italiano cuando eligió a su víctima y se tiró a fondo. Los dos viajeros venían desmontados, a pie, llevando de las riendas a los caballos, y todo fue muy fácil al principio, salvo el instante en que los ojos de Alatriste fueron del uno al otro, intentando reconocer al suyo. Su compañero italiano fue más rápido, o improvisador, pues lo sintió moverse como una exhalación contra el más próximo de los contrincantes, bien porque había reconocido a su presa o bien porque, indiferente al acuerdo que asignaba uno a cada cual, se lanzaba sobre el que iba en cabeza y tenía menos tiempo para mostrarse prevenido. De un modo u otro acertó, pues Alatriste pudo ver a un joven rubio, vestido con traje castaño, la mano en las riendas de un caballo bayo, lanzar una exclamación de alarma mientras saltaba hacia un lado para esquivar, milagrosamente, la cuchillada que el italiano acababa de largar sin darle tiempo a echar mano a la espada.

—¡Steenie!... ¡Steenie!

Parecía más una llamada para alertar al acompañante que un reclamo de auxilio. Alatriste oyó al joven gritar eso dos veces mientras pasaba a su lado, y esquivando la grupa del caballo, que al sentir libre la rienda empezó a caracolear, alzó la espada hacia el otro inglés, el vestido de gris, que a la luz del farol se reveló extraordinariamente bien parecido, de cabello muy rubio y fino bigote. Este segundo joven acababa de soltar la rienda de su montura, y tras retroceder unos pasos sacaba el acero de la vaina con la celeridad de un rayo. Hereje o buen cristiano, eso situaba las cosas en sus correctos términos; así que el capitán se fue a él por derecho, y en cuanto el inglés tendió la espada para defenderse a distancia, afirmó un pie, avanzó el otro, dio un rápido toque de su acero contra el enemigo, y apenas apartó aquél la espada, Alatriste lanzó un golpe lateral con la vizcaína para desviar y confundir el arma del contrario. Un instante después éste había retrocedido otros cuatro pasos y se batía a la desesperada, la espalda contra el muro y sin espacio para obrar, mientras el capitán se disponía, metódico y seguro, a meterle tres cuartas de acero por el primer hueco y zanjar la cuestión. Lo que era cosa hecha, pues aunque el mozo reñía con valor y buen puño, era demasiado fogoso y estaba ahogándose en su propio esfuerzo. En ésas, Alatriste oía a su espalda el tintineo de las espadas del italiano y el otro inglés, su resuello y sus imprecaciones. Por el rabillo del ojo alcanzaba a ver el movimiento de las sombras en la pared.

De pronto, en el entrechocar de espadas sonó un gemido, y el capitán percibió la sombra del inglés más joven cayendo de rodillas. Parecía herido, cubriéndose

desde abajo cada vez con mayor dificultad ante las aco-
metidas del italiano. Aquello pareció sacar de sí al adversario de Alatriste: de golpe lo abandonaron su instinto
de supervivencia y la destreza con que, hasta ese momento, había intentado, mal que bien, tenerlo a raya.

—¡Cuartel para mi compañero! —gritó mientras
paraba una estocada, en un español elemental cargado
de fuerte acento—… ¡Cuartel para mi compañero!

Aquello, la distracción y sus gritos, le hicieron ce-
der un poco la guardia; y al primer descuido, tras una
finta con la daga, el capitán lo desarmó sin esfuerzo. Pardiez con el hereje de los cojones, pensaba. Qué diablos
era aquello de pedir cuartel para el otro, cuando él mismo estaba a punto de criar malvas. Aún volaba por el aire la espada del extranjero cuando Alatriste dirigió la
punta de la suya a la garganta de éste y retrocedió el codo una cuarta, lo necesario para atravesársela sin problemas y resolver el asunto. Cuartel para mi compañero. Se
necesitaba ser menguado, o inglés, para gritar aquello en
una calle oscura de Madrid, lloviendo estocadas.

Entonces, de nuevo, el inglés hizo algo extraño. En
lugar de pedir clemencia para sí, o —estaba claro que era
un mozo valeroso— echar mano al inútil puñalito que
conservaba al cinto, dirigió un desesperado vistazo al
otro joven, que se defendía débilmente en el suelo, y se-
ñalándoselo a Diego Alatriste volvió a gritar:

—¡Cuartel para mi compañero!

El capitán detuvo el brazo un instante, desconcer-
tado. Aquel joven rubio de cuidado bigote, largos cabellos en desorden por el viaje y elegante traje gris cubierto de polvo, únicamente temía por su amigo, que estaba

a punto de ser ensartado por el italiano. Sólo en ese momento, a la luz del farol que seguía iluminando el escenario de la refriega, Alatriste se permitió considerar los ojos azules del inglés, el rostro fino, pálido, crispado por una angustia que, saltaba a la vista, no era miedo a perder la propia vida. Manos blancas, suaves. Rasgos de aristócrata. Todo olía a gente de calidad. Y aquello —se dijo mientras recordaba rápidamente la conversación con los enmascarados, el deseo de uno de no hacer mucha sangre y la insistencia del otro, respaldado por el inquisidor Bocanegra, en asesinar a los viajeros— empezaba a mostrar demasiados ángulos oscuros como para despacharlo en dos estocadas y quedarse tranquilo.

Así que mierda. Mierda y más mierda. Voto a Dios y al Chápiro Verde y a todos los diablos del infierno. Aún con la espada a una cuarta del inglés, Diego Alatriste dudó, y el otro se dio cuenta de que dudaba. Entonces, con gesto de extrema nobleza, algo increíble habida cuenta de la situación en que se veía, lo miró a los ojos y llevó la mano derecha despacio hasta el pecho, sobre su corazón, como si estuviese formulando un juramento solemne, y no una súplica.

—¡Cuartel!

Pidió por última vez, ahora casi confidencial, en voz baja. Y Diego Alatriste, que seguía dándose a todos los demonios, supo que ya no podía matar a sangre fría al maldito inglés, por lo menos aquella noche y en aquel sitio. Y supo también, mientras bajaba el acero y se volvía hacia el italiano y el otro joven, que estaba a punto de meterse, como el completo imbécil que era, en una trampa más de su azarosa vida.

Saltaba a la vista que el italiano disfrutaba de lo lindo. Podía haber rematado varias veces al herido, pero se complacía en asediarlo con falsas estocadas y fintas, cual si encontrase placer en demorar el golpe definitivo y mortal. Parecía un gato negro y flaco jugando con el ratón antes de zampárselo. A sus pies, rodilla en tierra y hombro contra la pared, una mano taponándose la cuchillada que sangraba a través de la ropilla, el inglés más joven se batía con desmayo, parando a duras penas los ataques del adversario. No pedía clemencia, sino que su rostro, mortalmente pálido, mostraba una digna decisión, apretadas las mandíbulas, resuelto a morir sin proferir una exclamación, o una queja.

—¡Dejadlo! —le gritó Alatriste al italiano. Entre dos estocadas al inglés, éste miró al capitán, sorprendido de ver junto a él al otro inglés, desarmado y todavía en pie. Dudó un instante, volvió a mirar a su adversario, le lanzó una nueva estocada sin excesiva convicción y miró de nuevo al capitán.

—¿Bromeáis? —dijo, dando un paso atrás para tomar aliento, mientras hacía zumbar la espada con dos tajos en el aire, a diestra y siniestra.

—Dejadlo —insistió Alatriste.

El italiano se lo quedó mirando de hito en hito, sin dar crédito a lo que acababa de oír. A la luz macilenta del farol, su rostro devastado por la viruela parecía una superficie lunar. El bigote negro se torció en siniestra sonrisa sobre los dientes blanquísimos.

—No jodáis —dijo al fin.

Alatriste dio un paso hacia él, y el italiano miró la espada que tenía en la mano. Desde el suelo, incapaces de comprender lo que ocurría, los ojos del joven herido iban de uno al otro, aturdidos.

—Esto no está claro —apuntó el capitán—. Nada claro. Así que ya los mataremos otro día.

El otro seguía mirándolo fijamente. La sonrisa se hizo más intensa e incrédula y de pronto cesó de golpe. Movía la cabeza.

—Estáis loco —dijo—. Esto puede costarnos el cuello.

—Asumo la responsabilidad.

—Ya.

Parecía reflexionar el italiano. De pronto, con la rapidez de un relámpago, le largó al inglés que estaba en el suelo una estocada tan fulminante que, de no haber interpuesto Alatriste su acero, habría clavado al joven contra la pared. Se revolvió el adversario con un juramento, y esta vez fue el propio Alatriste quien hubo de recurrir a su instinto de esgrimidor y a toda su destreza para esquivar la segunda estocada, distante sólo dos pulgadas de alcanzarlo en el corazón, que el italiano le dirigió con las más aviesas intenciones del mundo.

—¡Ya nos veremos! —gritó el espadachín—. ¡Por ahí!

Y apagando el farol de una patada echó a correr, desapareciendo en la oscuridad de la calle, de nuevo sombra entre las sombras. Su risa sonó al cabo de un instante, lejana, como el peor de los augurios.

## Capítulo V

# LOS DOS INGLESES

El más joven no estaba herido de gravedad. Lo habían llevado entre su acompañante y Diego Alatriste más cerca del farol, que encendieron de nuevo; y allí, recostado en la tapia del huerto de los carmelitas, le echaron un vistazo a la cuchillada que había recibido del italiano: uno de esos rasguños superficiales, muy aparatosos de sangre pero sin consecuencia alguna, que luego permitían a los jóvenes pisaverdes pavonearse ante las damas con el brazo en cabestrillo y a muy poco coste. En aquel caso, ni siquiera el cabestrillo iba a ser preciso. Su compañero del traje gris le puso un pañuelo limpio sobre la herida que tenía bajo la axila izquierda, y luego volvió a cerrarle la camisa, el jubón y la ropilla mientras le hablaba en su lengua suavemente, en voz queda. Durante la operación, que el inglés realizó dándole la espalda al capitán Alatriste como si ya no temiera nada de él, éste tuvo oportunidad de considerar algunos detalles interesantes. Por ejemplo que, desmintiendo la aparente serenidad del joven vestido de gris, las manos le temblaban al principio, cuando abría la ropa de su compañero para comprobar la gravedad de la herida. También, pese a no saber de la parla inglesa otras palabras que las que solían cambiarse de barco a barco o de parapeto a parapeto en un campo de batalla —vocabulario que en el caso de un soldado veterano español se limitaba a *fockyú* (que os jodan), *sons ofde gritbich* (hijos de la gran puta) y *uergoin tucat yurbols* (os vamos a cortar los huevos)—, el capitán pudo advertir que el inglés vestido de gris hablaba a su compañero con una especie de afectuoso respeto; y que mientras aquél lo llamaba Steenie, que sin duda era un nombre o un apelativo amistoso y familiar, éste utilizaba el formal término *milord* para dirigirse al herido. Allí había gato encerrado, y el gato no era precisamente callejero y sarnoso, sino de Angora. Tanto despertó aquello la curiosidad de Alatriste que, en vez de tomar las de Villadiego como pedía a gritos su sentido común, se quedó allí quieto, junto a los dos ingleses a quienes había estado a punto de enviar al otro barrio, mientras reflexionaba amargamente sobre un hecho cierto: de curiosos están los camposantos llenos. Pero no era menos cierto que a tales alturas, tras el incidente con el italiano, y con los dos fulanos de las caretas y fray Emilio Bocanegra esperando resultados, lo del camposanto era naipe fijo; así que irse, quedarse o bailar una chacona venía a dar lo mismo. Ocultar la cabeza como aquel raro pájaro que contaban del África, el avestruz, no solucionaría nada; y además no iba con el carácter de Diego Alatriste. Era consciente de que estorbar el acero del italiano había sido un paso irreparable, sin vuelta atrás; así que no quedaba más remedio que jugar la partida con las nuevas cartas que el burlón Destino acababa de ponerle en las manos, aunque éstas fueran pésimas. Miró a los dos jóvenes, que a esas horas y según lo acordado —llevaba en el bolsillo parte del oro percibido por ello— ya tenían que ser fiambres, y sintió gotas de sudor en el cuello de la camisa. Perra suerte la suya, maldijo en silencio. Bonito momento había elegido para jugar a hidalgos, y caballeros, y escrúpulos de conciencia en semejante callejón de aquel Madrid, con la que estaba cayendo. Y con la que iba a caer.

El inglés vestido de gris se había incorporado y observaba al capitán. Pudo éste a su vez estudiarlo a la luz del farol: bigotillo rizado y rubio, aire elegante, cercos de fatiga bajo los ojos azules. Apenas treinta años y mucha calidad. Y como el otro, pálido como la cera. La sangre aún no había vuelto a sus rostros desde que Alatriste y el italiano les cayeron encima.

—Estamos en deuda con vuestra merced —dijo el de gris, y tras una breve pausa añadió—: A pesar de todo.

Era el suyo un español lleno de imperfecciones, con fuerte acento de allá arriba, o sea, británico. Y su tono parecía sincero; resultaba evidente que él y su compañero habían visto de verdad la muerte cara a cara, sin paños calientes ni heroicos redobles, sino a oscuras y casi por la espalda, cual ratas en un callejón distante varias leguas de todo lo remotamente parecido a la gloria. Experiencia que de vez en cuando no está de más vivan algunos miembros de las clases altas, demasiado acostumbrados a cascarla de perfil entre pífanos y tambores. El caso es que de vez en cuando parpadeaba sin apartar los ojos del capitán, como sorprendido de seguir vivo. Y lo cierto es que ya podía estarlo, el hereje.

—A pesar de todo —repitió.

El capitán no supo qué decir. A fin de cuentas, pese al desenlace de la escaramuza, él y su compañero de fortuna habían intentado asesinar a aquellos jóvenes señores Smith, o quien infiernos fuesen. Para llenar la embarazosa pausa miró alrededor, y vio relucir en el suelo la espada del inglés. Así que fue a por ella y se la devolvió. El tal Steenie, o Thomas Smith, o como diantre se llamara realmente, la sopesó pensativo antes de meterla en la vaina. Seguía mirando a Alatriste con aquellos ojos azules y francos que tan incómodo hacían sentirse al capitán.

—En el primer momento os creímos… —dijo, y aguardó como si esperase que Alatriste completara sus palabras. Pero éste se limitó a encoger los hombros. En ese momento el herido hizo gesto de incorporarse, y el llamado Steenie se volvió hacia él para ayudarlo. Ambos tenían ahora sus espadas en las vainas y, a la luz del farol que seguía ardiendo en el suelo, observaban al capitán con curiosidad.

—No sois un vulgar salteador —concluyó por fin el tal Steenie, que iba recobrando poco a poco el color.

Alatriste le echó un vistazo al más joven, a quien su compañero había llamado varias veces milord. Bigotito rubio, manos finas, apariencia aristocrática a pesar de la ropa de viaje, el polvo y la suciedad del camino. Si aquel individuo no era de muy buena familia, el capitán estaba dispuesto a profesar en la fe del turco. Por su vida que sí.

—¿Vuestro nombre? —preguntó el del traje gris.

Era extraño que siguieran vivos, porque aquellos herejes eran unos ingenuos. O quizá seguían vivos precisamente por eso. La cuestión es que Alatriste permaneció silencioso e impasible; no era hombre dado a confidencias, y menos ante dos fulanos a los que había estado a punto de despachar. Así que no podía imaginar en nombre de qué pensaba ese barbilindo que iba a abrirle su corazón por las buenas. De todos modos, a pesar del interés que sentía por averiguar qué carajo era todo aquello, el capitán empezó a pensar si no sería mejor poner tierra de por medio. Entrar en el terreno de las preguntas y las explicaciones no era algo que conviniera lo más mínimo. Además, podía aparecer alguien: la ronda de corchetes o algún inoportuno que complicase las cosas. Incluso, puestos en lo peor, al italiano podía ocurrírsele regresar silbando su tirurí-ta-ta y con refuerzos para rematar la faena. El pensamiento le hizo echar un vistazo a la calle oscura a su espalda, preocupado. Había que irse de allí, y rápido.

—¿Quién os envía? —insistió el inglés.

Sin contestar, Alatriste fue en busca de su capa y se la puso terciada sobre un hombro, dejando libre la mano de manejar la espada, por si acaso. Los caballos seguían cerca, arrastrando las riendas por el suelo.

—Monten y váyanse —dijo por fin.

El llamado Steenie no se movió, limitándose a consultar con su compañero, que no había pronunciado una palabra en castellano y apenas parecía comprender el idioma. A veces cambiaban unas frases en su lengua, en voz baja, y el herido terminaba asintiendo con la cabeza. Por fin, el joven del traje gris se dirigió a Alatriste.

—Vuestra merced iba a matarme y no lo hizo —dijo—. También salvó la vida de mi amigo... ¿Por qué?

—Los años. Me vuelven blando.

Negó el inglés con la cabeza.

—Esto no es casual —miró a su compañero y luego al capitán, con renovada atención—. Alguien los envió contra nosotros, ¿verdad?

El capitán empezaba a amostazarse con tanta pregunta, y más cuando vio que su interlocutor iniciaba un gesto hacia la bolsa que le pendía del cinto, dando a entender que cualquier palabra útil podía ser remunerada de modo conveniente. Entonces frunció el ceño, se retorció el bigote y apoyó la mano en el pomo de la espada.

—Míreme bien la cara vuestra merced —dijo—. ¿Tengo aspecto de ir contándole mi vida a la gente?

El inglés lo miró fijo, de hito en hito, y apartó despacio la mano de la bolsa.

—No —concedió—. Realmente no lo tiene.

Alatriste movió la cabeza, aprobador.

—Celebro que se dé cuenta de eso. Ahora cojan sus caballos y lárguense. Mi compañero podría volver.

—¿Y vuestra merced?

—Yo soy cosa mía.

Volvieron a cambiar unas palabras los ingleses. El del traje gris parecía reflexionar cruzados los brazos, apoyada la barbilla en los dedos pulgar e índice. Un gesto desusado, lleno de afectación, más propio de los palacios elegantes de Londres que de una calleja sombría del viejo Madrid, que en él, sin embargo, parecía habitual; como si estuviese acostumbrado a adoptar con frecuencia cuidadas poses ante la gente. Tan blanco y rubio tenía todo el aire de un cortesano; pero lo cierto era que se había batido con destreza y valor, igual que su compañero. Cuyos modales, observó el capitán, estaban cortados por el mismo patrón. Un par de mozos de buena crianza, concluyó. Con mujeres, religión o política de por medio. Quizá las tres cosas a la vez.

—Esto no debe saberse —dijo por fin el inglés; y Diego Alatriste se echó a reír quedo, entre dientes.

—No soy el más interesado en que se sepa.

Su interlocutor pareció sorprendido por aquella risa, o tal vez le costó comprender el sentido de las palabras; pero al cabo de un instante sonrió también. Una sonrisa leve, cortés. Un poco desdeñosa.

—Hay muchas cosas en juego —apuntó.

En eso Alatriste estaba por completo de acuerdo.

—Mi cabeza —murmuró—. Por ejemplo.

Si el inglés había captado la ironía, no pareció prestarle atención. De nuevo reflexionaba.

—Mi amigo necesita descansar un poco. Y el hombre que lo hirió puede estar aguardándonos más adelante... —de nuevo dedicó un momento a estudiar a quien tenía ante sí, intentando calibrar cuánto de conspiración y cuánto de sinceridad había en su actitud. Al cabo encogió los hombros, dando a entender que ni él ni su compañero disponían de muchas opciones para elegir—... ¿Conoce vuestra merced nuestro destino final?

Alatriste sostuvo impávido su mirada.

—Puede ser.

—¿Conoce la casa de las Siete Chimeneas?

—Quizás.

—¿Nos guiaría hasta allí?

—No.

—¿Iría a llevar un mensaje nuestro?

—Ni lo soñéis.

Aquel fulano debía de haberlo tomado por imbécil. Era justo lo que faltaba: ir a meterse en la boca del lobo, poniendo sobre aviso al embajador inglés y a sus criados. La curiosidad mató al gato, se dijo mientras echaba un vistazo inquieto alrededor. Se repitió que ya iba siendo ocasión de cuidar el pellejo que, sin duda, más de uno estaría dispuesto a agujerearle a aquellas horas. Era tiempo de ocuparse de sí mismo; de modo que hizo ademán de terminar la conversación. Pero el inglés aún lo retuvo un instante.

—¿Conoce vuestra merced algún lugar cercano donde podamos encontrar ayuda?... ¿O descansar un poco?

Iba a negar Diego Alatriste por última vez, antes de desaparecer entre las sombras, cuando una idea cruzó su pensamiento con el fulgor de un relámpago. Él mismo no tenía donde guarecerse, pues el italiano y más gente provista por los enmascarados y el padre Bocanegra podían ir a buscarlo a su casa de la calle del Arcabuz, donde a esas horas yo dormía como un bendito. Pero a mí nadie iba a hacerme daño; y a él, sin embargo, le rebanarían el gaznate antes de que tuviera tiempo de echar mano a la blanca. Había una oportunidad de conseguir resguardo aquella noche y ayuda para lo que estuviera por venir; y al mismo tiempo socorrer a los ingleses, averiguando más sobre ellos y sobre quienes con tanto afán procuraban su despacho para el otro mundo. Esa carta en la manga, de la que Diego Alatriste procuraba no usar en exceso jamás, se llamaba Álvaro de la Marca, conde de Guadalmedina. Y su casa palacio estaba a cien pasos de allí.

—Te has metido en un buen lío.

Álvaro Luis Gonzaga de la Marca y Álvarez de Sidonia, conde de Guadalmedina, era apuesto, elegante, y tan rico que podía perder en una sola noche 10.000 ducados en el juego o con una de sus queridas sin alzar siquiera una ceja. Por la época de la aventura de los dos ingleses debía de tener treinta y tres o treinta y cuatro años, y se hallaba en la flor de la vida. Hijo del viejo conde de Guadalmedina —don Fernando Gonzaga de la Marca, héroe de las campañas de Flandes en tiempos del gran Felipe II y de su sucesor Felipe III—, Álvaro de la Marca había heredado de su progenitor una grandeza de España, y podía estar cubierto en presencia del joven monarca, el Cuarto Felipe, que le dispensaba su amistad; y a quien, se decía, acompañaba en nocturnos lances amorosos con actrices y damas de baja estofa, a las que uno y otro eran aficionados. Soltero, mujeriego, cortesano, culto, algo poeta, galante y seductor, Guadalmedina había comprado al rey el cargo de correo mayor tras la escandalosa y reciente muerte del anterior beneficiario, el conde de Villamediana: un punto de cuidado, muerto por asunto de faldas, o de celos. En aquella España corrupta donde todo estaba en venta, desde la dignidad eclesiástica a los empleos más lucrativos del Estado, el título y los beneficios de correo mayor acrecentaban la fortuna e influencia de Guadalmedina en la Corte; una influencia que además se veía prestigiada por un breve pero brillante historial militar de juventud, desde que con veintipocos años había formado parte del estado mayor del duque de Osuna, peleando contra los venecianos y contra el turco a bordo de las galeras españolas de Nápoles. De aquellos tiempos, precisamente, databa su conocimiento de Diego Alatriste.

—Un lío endiablado —repitió Guadalmedina.

El capitán se encogió de hombros. Estaba destocado y sin capa, de pie en una pequeña salita decorada con tapices flamencos, y junto a él, sobre una mesa forrada de terciopelo verde, tenía un vaso de aguardiente que no había probado. Guadalmedina, vestido con exquisito batín de noche y zapatillas de raso, fruncido el ceño con preocupación, se paseaba de un lado a otro ante la chimenea encendida, reflexionando sobre lo que Alatriste acababa de contarle: la historia verdadera de lo ocurrido, paso a paso excepto un par de omisiones, desde el episodio de los enmascarados hasta el desenlace de la emboscada en el callejón. El conde era una de las pocas personas en que podía fiar a ciegas; y como había decidido mientras conducía hasta su casa a los dos ingleses, tampoco tenía mucho donde elegir.

—¿Sabes a quiénes has intentado matar hoy?

—No. No lo sé —Alatriste escogía con sumo cuidado sus palabras—. En principio, a un tal Thomas Smith y a su compañero. Al menos eso me dicen. O me dijeron.

—¿Quién te lo dijo?

—Es lo que quisiera saber yo.

Álvaro de la Marca se había detenido ante él y lo miraba, entre admirado y reprobador. El capitán se limitó a mover la cabeza en un breve gesto afirmativo, y oyó al aristócrata murmurar «cielo santo» antes de recorrer de nuevo el cuarto arriba y abajo. En ese momento los ingleses estaban siendo atendidos en el mejor salón de la casa por los criados del conde, movilizados a toda prisa. Mientras Alatriste esperaba, había estado oyendo el trajín de puertas abriéndose y cerrándose, voces de sirvientes en la puerta y relinchos en las caballerizas, desde las que llegaba, a través de las ventanas emplomadas, el resplandor de antorchas. La casa toda parecía en pie de guerra. El mismo conde había escrito urgentes billetes desde su despacho antes de reunirse con Alatriste. A pesar de su sangre fría y su habitual buen humor, pocas veces el capitán lo había visto tan alterado.

—Así que Thomas Smith —murmuró el conde.

—Eso dijeron.

—Thomas Smith tal cual, a secas.

—Eso es.

Guadalmedina se había detenido otra vez ante él.

—Thomas Smith mis narices —remachó por fin, impaciente—. El del traje gris se llama Jorge Villiers. ¿Te suena?… —con gesto brusco cogió de la mesa el vaso que Alatriste mantenía intacto y se lo bebió de un solo trago—. Más conocido en Europa por su título inglés: marqués de Buckingham.

Otro hombre con menos temple que Diego Alatriste y Tenorio, antiguo soldado de los tercios de Flandes, habría buscado con urgencia una silla donde sentarse. O para ser más exactos, donde dejarse caer. Pero se mantuvo erguido, sosteniendo la mirada de Guadalmedina como si nada de aquello fuera con él. Sin embargo, mucho más tarde y ante una jarra llena —y vaciada— de vino, el capitán reconocería que en aquel momento hubo de colgar los pulgares del cinto para evitar que las manos le temblaran. Y que la cabeza se puso a darle vueltas como si estuviese en el ingenio giratorio de una feria. El marqués de Buckingham, eso lo sabía cualquiera en España, era el joven favorito del rey Jacobo I de Inglaterra: flor y nata de la nobleza inglesa, famoso caballero y elegante cortesano, adorado por las damas, llamado a muy altos destinos en el regimiento de los asuntos de Estado de Su Majestad británica. De hecho lo hicieron duque semanas más tarde, durante su estancia en Madrid.

—Resumiendo —concluyó, ácido, Guadalmedina—. Que has estado a punto de despachar al valido del rey de Inglaterra, que viaja de incógnito. Y en cuanto al otro...

—¿John Smith?

Esta vez había una nota de resignado humor en el tono de Diego Alatriste. Guadalmedina inició el gesto de llevarse las manos a la cabeza, y el capitán observó que la sola mención de micer John Smith, fuera quien fuese, hacía palidecer al aristócrata. Al cabo de un instante, Álvaro de la Marca se pasó la uña de un pulgar por la barbita que llevaba recortada en perilla y volvió a mirar al capitán de arriba abajo, admirado.

—Eres increíble, Alatriste —dio dos pasos por el cuarto, se detuvo de nuevo y volvió a mirarlo del mismo modo—. Increíble.

Hablar de amistad sería excesivo para definir la relación entre Guadalmedina y el antiguo soldado; pero sí podríamos hablar de mutua consideración, en los límites de cada cual. Álvaro de la Marca estimaba sinceramente al capitán; la historia arrancaba de cuando, en su juventud, Diego Alatriste había servido en Flandes destacándose bajo las banderas del viejo conde de Guadalmedina, que ya entonces tuvo oportunidad de mostrarle afición y aprecio. Más tarde, los azares de la guerra pusieron al joven conde cerca de Alatriste, en Nápoles, y se contaba que, aunque simple soldado, éste rindió al hijo de su antiguo general algunos servicios importantes cuando la desastrosa jornada de las Querquenes. Álvaro de la Marca no había olvidado aquello; y con el tiempo, heredada fortuna y títulos, trocadas las armas por la vida cortesana, no echó en vacío al capitán. De vez en cuando alquilaba sus servicios como espadachín para solventar asuntos de dinero, escoltarlo en aventuras galantes y peligrosas, o ajustar cuentas con maridos cornudos, rivales en amores y acreedores molestos, como en el caso del marquesito de Soto, a quien Alatriste había administrado en la fuente del Acero, por prescripción del propio Guadalmedina, una dosis letal de lo mismo. Pero lejos de abusar de la situación, cual sin duda habría hecho buena parte de los valentones licenciados que andaban por la Corte tras un beneficio o unos doblones, Diego Alatriste mantenía las distancias, sin acudir al conde salvo en ocasiones como aquélla, de absoluta y desesperada necesidad. Algo que, por otra parte, nunca habría hecho de no tener por cierta la calidad de los hombres a quienes atacó. Y la gravedad de cuanto estaba a punto de caerle encima.

—¿Estás seguro de que no reconociste a ninguno de los enmascarados que te encargaron el negocio?

—Ya lo he dicho a vuestra merced. Parecía gente de respeto, mas no pude identificar a ninguno.

Guadalmedina se acarició de nuevo la perilla.

—¿Sólo estaban ellos dos contigo aquella noche?

—Ellos dos, que yo recuerde.

—Y uno dijo de no matarlos, y el otro que sí.

—Más o menos.

El conde miró detenidamente a Alatriste.

—Algo me ocultas, voto a Cristo.

El capitán volvió a encoger los hombros, sosteniendo la mirada de su protector.

—Quizás —repuso con calma.

Álvaro de la Marca sonrió torcidamente, manteniendo sobre él sus ojos escrutadores. Se conocían de sobra como para saber que Alatriste no iba a decir nada más de lo que había dicho, aun en el caso de que el conde amenazara con desentenderse del asunto y echarlo a la calle.

—Está bien —concluyó—. Al fin y al cabo, es tu cuello el que está en juego.

El capitán asintió con gesto fatalista. Una de las pocas imprecisiones en el relato hecho al conde consistía en callar la actuación de fray Emilio Bocanegra. No porque deseara proteger la persona del inquisidor —que más bien debía ser temido que protegido—, sino porque, a pesar de la ilimitada confianza que tenía en Guadalmedina, él no era ningún delator. Una cosa era hablar de dos enmascarados, y otra muy distinta denunciar a quien le había encomendado un trabajo; por más que uno de éstos fuese el fraile dominico, y toda aquella historia, y su desenlace, pudiera costarle al propio Alatriste acabar en las poco simpáticas manos del verdugo. El capitán pagaba la benevolencia del aristócrata poniendo en sus manos la suerte de aquellos ingleses y también la suya propia. Pero aunque viejo soldado y acero a sueldo, él también tenía sus retorcidos códigos. No estaba dispuesto a violentarlos aunque le fuese la vida en ello, y eso Guadalmedina lo sabía de sobra. Otras veces, cuando era el nombre de Álvaro de la Marca el que andaba en juego, el capitán se había negado a revelarlo a terceros, siempre con idéntico aplomo. En la reducida porción de mundo que, pese a sus vidas tan dispares, ambos compartían, aquéllas eran las reglas. Y Guadalmedina no estaba dispuesto a infringirlas, ni siquiera con aquel inesperado marqués de Buckingham y su acompañante sentados en el salón de la casa. Era evidente, por su expresión, que Álvaro de la Marca meditaba a toda prisa sobre el mejor partido que podía sacar al secreto de Estado que el azar y Diego Alatriste habían ido a poner en sus manos.

Un criado se detuvo respetuosamente en el umbral. El conde fue hasta él, y Diego Alatriste los oyó cambiar algunas palabras en voz baja. Cuando se retiró el fámulo, Guadalmedina vino al capitán, pensativo.

—Había previsto avisar al embajador inglés, pero esos caballeros dicen que no resulta conveniente que el encuentro tenga lugar en mi casa... Así que, como ya están repuestos, voy a hacer que varios hombres de mi confianza, y yo mismo con ellos, los escolten hasta la casa de las Siete Chimeneas, para evitar más encuentros desagradables.

—¿Puedo hacer algo para ayudar a vuestra merced?

El conde lo miró con irónico fastidio.

—Ya has hecho bastante por hoy, me temo. Lo mejor es que te quites de en medio.

Alatriste asintió, y con un íntimo suspiro hizo el gesto resignado, lento, de despedirse. Era obvio que no podía volver a su casa, ni a la de ningún conocido habitual; y si Guadalmedina no le ofrecía alojamiento, se exponía a vagar por las calles a merced de sus enemigos o de los corchetes de Martín Saldaña, que tal vez estaban alertados sobre el suceso. El conde sabía todo eso. Y sabía también que Diego Alatriste nunca le pediría ayuda claramente; era demasiado orgulloso para hacerlo. Si Guadalmedina no daba por recibido el mensaje tácito, el capitán no tendría más remedio que afrontar de nuevo la calle sin otro recurso que su espada. Pero ya sonreía el conde, distraído en sus reflexiones.

—Puedes quedarte aquí esta noche —dijo—. Y mañana veremos qué nos depara Dios… He hecho que te dispongan una habitación.

Alatriste se relajó imperceptiblemente. Por la puerta entreabierta vio cómo al aristócrata le preparaban la ropa. Observó que los criados traían también un coleto de ante y varias pistolas cargadas. Álvaro de la Marca no parecía dispuesto a que sus invitados de fortuna corrieran más riesgos.

—Dentro de unas horas se extenderá la noticia de la llegada de estos señores, y todo Madrid estará patas arriba —suspiró el conde—. Ellos me piden bajo palabra de gentilhombre que se silencie la noticia de la escaramuza contigo y con tu acompañante, y que tampoco se sepa que los ayudaste a buscar refugio aquí… Todo esto es muy delicado, Alatriste. Y va en ello bastante más que tu cuello. Oficialmente el viaje ha de terminar, sin incidentes, ante la residencia del embajador inglés. Y es lo que vamos a procurar ahora mismo.

Había iniciado el movimiento hacia el cuarto donde le aderezaban las ropas, cuando de pronto pareció recordar algo.

—Por cierto —añadió, parándose—, desean verte antes de irse. No sé cómo diantre resolviste al final la cuestión, pero después que les conté quién eres y cómo se fraguó todo, no parecen guardarte demasiado rencor. ¡Esos ingleses y su condenada flema británica!... Voto a Dios que si me hubieras dado a mí el susto que les diste a ellos, yo estaría pidiendo a gritos tu cabeza. No habría tardado un minuto en hacerte asesinar.

La entrevista fue breve, y tuvo lugar en el enorme vestíbulo, bajo un cuadro del Tiziano que mostraba a Dánae a punto de ser fecundada por Zeus en forma de lluvia de oro. Álvaro de la Marca, ya vestido y equipado como para asaltar una galera turca, con culatas de pistolas sobresaliéndole del cinto junto a la espada y la daga, condujo al capitán al lugar donde los ingleses se disponían a salir envueltos en sus capas, rodeados de criados del conde que también iban armados hasta los dientes. Afuera aguardaban más criados con antorchas y alabardas, y sólo faltaba un tambor para que aquello pareciese una ronda nocturna de soldados en vísperas de escaramuza.

—He aquí al hombre —dijo Guadalmedina, irónico, mostrándoles al capitán.

Los ingleses se habían aseado y repuesto del viaje. Sus ropas estaban cepilladas y razonablemente limpias, y el más joven llevaba un amplio pañuelo alrededor del cuello, sosteniéndole el brazo, del que tenía cercana la herida. El otro inglés, el del traje gris, identificado como Buckingham por Álvaro de la Marca, había recuperado una arrogancia que Alatriste no recordaba haberle visto durante la refriega del callejón. Por aquel tiempo, Jorge Villiers, marqués de Buckingham, era ya gran almirante de Inglaterra y gozaba de considerable influencia cerca del rey Jacobo I. Apuesto, ambicioso, inteligente, romántico y aventurero, estaba a punto de recibir el título ducal con que lo conocerían la Historia y la leyenda. Ahora, todavía joven y en plena ascensión hasta la más alta privanza de la corte de Saint James, el favorito del rey de Inglaterra miraba con displicente atención a su agresor, y Alatriste soportó impávido el escrutinio. Marqués, arzobispo o villano, aquel tipo elegante de rasgos agraciados no le daba frío ni calor, ya fuera valido del rey Jacobo o primo hermano del Papa. Eran fray Emilio Bocanegra y los dos enmascarados los que iban a quitarle el sueño aquella noche, y mucho se temía que también algunas más.

—Casi nos mata hoy, en la calle —dijo muy sereno el inglés en su español con fuerte acento extranjero, dirigiéndose más a Guadalmedina que a Alatriste.

—Siento lo ocurrido —respondió el capitán, tranquilo, con una inclinación de cabeza—. Pero no todos somos dueños de nuestras estocadas.

El inglés aún lo miró con fijeza unos instantes. Asomaba un aire despectivo a sus ojos azules, esfumada de ellos la sorprendida espontaneidad de los primeros momentos tras la lucha en el callejón. Había tenido tiempo para recapacitar, y el recuerdo de haberse visto a merced de un espadachín desconocido lastimaba su amor propio. De ahí aquella recién estrenada arrogancia, que Alatriste no había visto por ninguna parte cuando a la luz del farol cruzaban las espadas.

—Creo que estamos en paz —dijo por fin. Y volviendo con brusquedad la espalda, empezó a ponerse los guantes.

A su lado, el inglés más joven, el supuesto John Smith, permanecía en silencio. Tenía la frente despejada, blanca y noble, y sus rasgos eran finos, con manos delicadas y pose elegante. Aquello, a pesar de las ropas de viaje, delataba a la legua a un jovencito de buenísima familia. El capitán vislumbró una leve sonrisa bajo el todavía suave bigote rubio. Iba a hacer una nueva inclinación de cabeza y retirarse, cuando el joven pronunció unas palabras en su lengua que hicieron volver la cabeza al otro inglés. Por el rabillo del ojo, Alatriste vio sonreír a Guadalmedina, que además del francés y el latín hablaba la parla de los herejes.

—Mi amigo dice que os debe la vida —Jorge Villiers parecía incómodo, como si por su parte ya hubiera dado por concluida la conversación, y ahora tradujera a su pesar las palabras del más joven—. Que la última estocada que le tiró el hombre de negro era mortal.

—Es posible —Alatriste también se permitió una breve sonrisa—. Todos tuvimos suerte esta noche, me parece.

El inglés terminó de ponerse los guantes mientras escuchaba con atención las palabras que le dirigía su compañero.

—También pregunta mi amigo qué fue lo que hizo a vuestra merced cambiar de bando, y de idea.

—No he cambiado de bando —dijo Alatriste—. Yo siempre estoy en el mío. Yo cazo solo.

El más joven lo miró un rato, reflexivo, mientras le traducían aquella respuesta. De pronto parecía maduro y con más autoridad que su acompañante. El capitán observó que hasta Guadalmedina le mostraba más deferencia que al otro, a pesar de ser Buckingham quien era. Entonces el joven habló de nuevo, y su compañero protestó en su lengua, como si no estuviese de acuerdo en traducir aquellas últimas palabras. Pero el más joven insistió, con un tono de autoridad que Alatriste no le había oído antes.

—Dice el caballero —tradujo Buckingham de mala gana, en su imperfecto español— que no importa quién seáis y cuál sea vuestro oficio, pero que vuestra merced obró con nobleza al no permitir que lo asesinaran como un perro, a traición... Dice que a pesar de todo se considera en deuda con vos y desea que lo sepáis... Dice —y en este punto el traductor dudó un momento y cambió una mirada de preocupación con Guadalmedina antes de proseguir— que mañana toda la Europa sabrá que el hijo y heredero del rey Jacobo de Inglaterra está en Madrid con la única escolta y compañía de su amigo el marqués de Buckingham... Y que, aunque por razones de Estado resulte imposible publicar lo ocurrido esta noche, él, Carlos, príncipe de Gales, futuro rey de Inglaterra, Escocia e Irlanda, no olvidará nunca que un hombre llamado Diego Alatriste pudo asesinarlo, y no quiso.

# Capítulo VI

# EL ARTE DE HACER ENEMIGOS

Al día siguiente, Madrid despertó con la noticia increíble. Carlos Estuardo, cachorro del leopardo inglés, impaciente por la lentitud de las negociaciones matrimoniales con la infanta doña María, hermana de nuestro rey don Felipe Cuarto, había concebido con su amigo Buckingham ese proyecto extraordinario y descabellado: viajar a Madrid de incógnito para conocer a su novia, transformando en novela de amor caballeresco la fría combinación diplomática que llevaba meses dilatándose en las cancillerías. La boda entre el príncipe anglicano y la princesa católica se había convertido, a tales alturas, en un complicadísimo encaje de bolillos en el que terciaban embajadores, diplomáticos, ministros, gobiernos extranjeros y hasta Su Santidad el papa de Roma, que debía autorizar el enlace y que, por supuesto, trataba de sacar la mejor tajada posible. De modo que, harto de que le marearan la perdiz —o como se llame lo que cazan los condenados ingleses—, la imaginación juvenil del príncipe de Gales, secundada por Buckingham, decidió abreviar el trámite. Así habían proyectado entre los dos aquella aventura llena de azares y peligros, en la seguridad de que marchar a España sin avisos ni protocolos suponía conquistar en el acto a la infanta para llevarla a Inglaterra, ante la mirada asombrada de la Europa entera y con el aplauso y las bendiciones de los pueblos español e inglés.

Ése, más o menos, era el meollo del negocio. Vencida la inicial resistencia del rey Jacobo, éste dio a ambos jóvenes su bendición y los autorizó a ponerse en camino. A fin de cuentas, si para el viejo rey el riesgo de la empresa acometida por su hijo era grande —un accidente, fracaso o desaire español pondrían en entredicho el honor de Inglaterra—, las ventajas a obtener de su feliz término equilibraban el asunto. En primer lugar, tener de cuñado de su vástago al monarca de la nación que entonces seguía siendo la más poderosa del mundo, no era cosa baladí. Además, aquel matrimonio, deseado por la corte inglesa y acogido con más frialdad por el conde de Olivares y los consejeros ultracatólicos del rey de España, pondría fin a la vieja enemistad entre las dos naciones. Consideren vuestras mercedes que apenas habían transcurrido treinta años desde la Armada Invencible; ya saben, cañonazo va, ola viene y todo a tomar por saco, con aquel pulso fatal entre nuestro buen rey don Felipe Segundo y esa arpía pelirroja que se llamó Isabel de Inglaterra, amparo de protestantes, hideputas y piratas, más conocida por la Reina Virgen, aunque maldito si puede uno imaginarse virgen de qué. El caso es que una boda del jovencito hereje con nuestra infanta —que no era Venus pero tenía buen ver, según la pintó Diego Velázquez algo más tarde, joven y rubia, toda una señora, con aquel labio suyo tan de los Austrias— abriría pacíficamente a Inglaterra las puertas del comercio en las Indias Occidentales, resolviendo según los intereses británicos la patata caliente del Palatinado; que no pienso resumir aquí porque para eso están los libros de Historia.

Así pintaban los naipes la noche que yo dormí como un bendito en mi jergón de la calle del Arcabuz, ignorante de la que se estaba cociendo, mientras el capitán Alatriste pasaba las horas en blanco, una mano en la culata de la pistola y la espada al alcance de la otra, en una habitación de servicio del conde de Guadalmedina. En cuanto a Carlos Estuardo y Buckingham, se alojaron con bastante más comodidad y todos los honores en casa del embajador inglés; y a la mañana siguiente, conocida la noticia y mientras los consejeros del rey nuestro señor, con el conde de Olivares a la cabeza, intentaban buscar una salida a semejante compromiso diplomático, el pueblo de Madrid acudió en masa ante la casa de las Siete Chimeneas a vitorear al osado viajero. Carlos Estuardo era joven, ardiente y optimista; acababa de cumplir los veintidós años y, con ese aplomo que tienen los jóvenes con aplomo, estaba tan seguro de la seducción de su gesto como del amor de una infanta a la que aún no conocía; con la certeza de que los españoles, haciendo honor a nuestra fama de caballerosos y hospitalarios, quedaríamos conquistados, igual que su dama, por tan gallardo gesto. Y en eso tenía razón el mozo. Si en el casi medio siglo de reinado de nuestro buen e inútil monarca don Felipe Cuarto, por mal nombre llamado el Grande, los gestos caballerescos y hospitalarios, la misa en días de guardar y el pasearse con la espada muy tiesa y la barriga vacía llenaran el puchero o pusieran picas en Flandes, otro gallo nos hubiese cantado a mí, al capitán Alatriste, a los españoles en general y a la pobre España en su conjunto. A ese tiempo infame lo llaman siglo de Oro. Mas lo cierto es que, quienes lo vivimos y sufrimos, de oro vimos poco; y de plata, la justa. Sacrificio estéril, gloriosas derrotas, corrupción, picaresca, miseria y poca vergüenza, de eso sí que tuvimos a espuertas. Lo que pasa es que luego uno va y mira un cuadro de Diego Velázquez, oye unos versos de Lope o de Calderón, lee un soneto de don Francisco de Quevedo, y se dice que bueno, que tal vez mereció la pena.

Pero a lo que iba. Les estaba contando que la noticia de la aventura corrió como pólvora seca, y ésta ganó el corazón de todo Madrid; aunque al rey nuestro señor y al conde de Olivares, como se supo a los postres, la llegada sin ser invitado del heredero de la corona británica les sentó como un buen pistoletazo entre las cejas. Se guardaron las formas, por supuesto, y todo fueron agasajos y parabienes. Y de la escaramuza del callejón, ni media palabra. De los pormenores se enteró Diego Alatriste cuando el conde de Guadalmedina regresó a casa, ya entrada la mañana, feliz por el éxito que acababa de apuntarse escoltando a los dos jóvenes y haciéndose acreedor de su gratitud y de la del embajador inglés. Después de las cortesías de rigor en la casa de las Siete Chimeneas, Guadalmedina había sido llamado con urgencia al Alcázar Real, donde puso al corriente del episodio al rey nuestro señor y al primer ministro. Empeñada su palabra, el conde no podía revelar los pormenores de la emboscada; pero Álvaro de la Marca supo, sin incurrir en el desagrado regio ni faltar a su fe de caballero, expresar sobrados detalles, gestos, sobreentendidos y silencios, para que tanto el monarca como el valido comprendieran, horrorizados, que a los dos imprudentes viajeros habían estado a punto de hacerlos filetes en un callejón oscuro de Madrid.

La explicación, o al menos algunas de las claves que bastaron para darle a Diego Alatriste idea de con quién se jugaba los maravedís, le vino por boca de Guadalmedina; que tras pasar media mañana haciendo viajes entre la casa de las Siete Chimeneas y Palacio, traía noticias frescas, aunque no muy tranquilizadoras para el capitán.

—En realidad el negocio es simple —resumía el conde—. Inglaterra lleva tiempo presionando para que se celebre la boda, pero Olivares y el Consejo, que está bajo su influencia, no tienen prisa. Eso de que una infanta de Castilla matrimonie con un príncipe anglicano les huele a azufre… A sus dieciocho años, el rey es demasiado joven; y en esto, como en todo lo demás, se deja guiar por Olivares. En realidad los del círculo íntimo creen que el valido no tiene intención de dar su visto bueno a la boda, salvo que el príncipe de Gales se convierta al catolicismo. Por eso Olivares da largas, y por eso el joven Carlos ha decidido coger el toro por los cuernos y plantearnos el hecho consumado.

Álvaro de la Marca despachaba un refrigerio sentado a la mesa forrada de terciopelo verde. Era media mañana, estaban en la misma habitación donde había recibido la noche anterior a Diego Alatriste, y el aristócrata comía con mucha afición trozos de empanada de pollo y un cuartillo de vino en jarra de plata: su éxito diplomático y social en aquella jornada le avivaba el apetito. Había invitado a Alatriste a acompañarlo tomando un bocado, pero el capitán rechazó la invitación. Permanecía de pie, apoyado en la pared, viendo comer a su protector. Estaba vestido para salir, con capa, espada y sombrero sobre una silla próxima, y en el rostro sin afeitar mostraba las trazas de la noche pasada en blanco.

—¿A quién cree vuestra merced que incomoda más ese matrimonio?

Guadalmedina lo miró entre dos bocados.

—Uf. A mucha gente —dejó la empanada en el plato y se puso a contar con los dedos relucientes de grasa—. En España, la Iglesia y la Inquisición están rotundamente en contra. A eso hay que añadir que el Papa, Francia, Saboya y Venecia siguen dispuestos a cualquier cosa con tal de impedir la alianza entre Inglaterra y España... ¿Te imaginas lo que hubiera ocurrido si anoche llegáis a matar al príncipe y a Buckingham?

—La guerra con Inglaterra, supongo.

El conde atacó de nuevo su refrigerio.

—Supones bien —apuntó, sombrío—. De momento hay acuerdo general para silenciar el incidente. El de Gales y Buckingham sostienen que fueron objeto de un ataque de salteadores comunes, y el rey y Olivares han hecho como que se lo creían. Después, a solas, el rey le pidió una investigación al valido, y éste prometió ocuparse de ello —Guadalmedina se detuvo para beber un largo trago de vino, secándose luego bigote y perilla con una enorme servilleta blanca, crujiente de almidón—... Conociendo a Olivares, estoy seguro de que él mismo podría haber montado el golpe; aunque no lo creo capaz de llegar tan lejos. La tregua con Holanda está a punto de romperse, y sería absurdo distraer el esfuerzo de guerra en una empresa innecesaria contra Inglaterra.

El conde liquidó la empanada mirando distraídamente el tapiz flamenco colgado en la pared a espaldas de su interlocutor: caballeros asediando un castillo e individuos con turbante tirándoles flechas y piedras desde las almenas con muy mala sangre. El tapiz llevaba más de treinta años allí colgado, desde que el viejo general don Fernando de la Marca lo requisó como botín durante el último saco de Amberes, en los tiempos gloriosos del gran rey don Felipe. Ahora, su hijo Álvaro masticaba despacio frente a él, reflexionando. Después sus ojos volvieron a Alatriste.

—Esos enmascarados que alquilaron tus servicios pueden ser agentes pagados por Venecia, Saboya, Francia, o vete a saber… ¿Estás seguro de que eran españoles?

—Tanto como vuestra merced y como yo. Y gente de calidad.

—No te fíes de la calidad. Aquí todo el mundo presume de lo mismo: de cristiano viejo, hijodalgo y caballero. Ayer tuve que despedir a mi barbero, que pretendía afeitarme con su espada colgada del cinto. Hasta los lacayos la llevan. Y como el trabajo es mengua de la honra, no trabaja ni Cristo.

—Estos que yo digo sí eran gente de calidad. Y españoles.

—Bueno. Españoles o no, viene a ser lo mismo. Como si los de afuera no pudieran pagarse cualquier cosa aquí adentro… —el aristócrata soltó una risita amarga—. En esta España austríaca, querido, con oro puede comprarse por igual al noble que al villano. Todo lo tenemos en venta, salvo la honra nacional; e incluso con ella traficamos de tapadillo a la primera oportunidad. En cuanto a lo demás, qué te voy a contar. Nuestra conciencia... —le dirigió un vistazo al capitán por encima de su jarra de plata—. Nuestras espadas...

—O nuestras almas —rubricó Alatriste.

Guadalmedina bebió un poco sin dejar de mirarlo.

—Sí —dijo—. Tus enmascarados pueden, incluso, estar a sueldo de nuestro buen pontífice Gregorio XV. El Santo Padre no puede ver a los españoles ni en pintura.

La gran chimenea de piedra y mármol estaba apagada, y el sol que entraba por las ventanas sólo era tibio; pero aquella mención a la Iglesia bastó para que Diego Alatriste sintiera un calor incómodo. La imagen siniestra de fray Emilio Bocanegra cruzó de nuevo su memoria como un espectro. Había pasado la noche viéndola dibujarse en el techo oscuro del cuarto, en las sombras de los árboles al otro lado de la ventana, en la penumbra del corredor; y la luz del día no era suficiente para hacerla desvanecerse. Las palabras de Guadalmedina la materializaban de nuevo, a modo de mal presagio.

—Sean quienes sean —proseguía el conde—, su objetivo está claro: impedir la boda, dar una lección terrible a Inglaterra, y hacer estallar la guerra entre ambas naciones. Y tú, al cambiar de idea, lo arruinaste todo. Lo tuyo ha sido de licenciado en el arte de hacerse enemigos, así que yo, en tu lugar, cuidaría el pellejo. El problema es que no puedo protegerte más. Contigo aquí podría verme implicado. Yo que tú haría un viaje largo, muy lejos... Y sepas lo que sepas, no lo cuentes ni bajo confesión. Si de esto se entera un cura, cuelga los hábitos, vende el secreto y se hace rico.

—¿Y qué pasa con el inglés?… ¿Ya está a salvo?

Guadalmedina aseguró que por supuesto. Con toda Europa al corriente, el inglés podía considerarse tan seguro como en su condenada Torre de Londres. Una cosa era que Olivares y el rey estuviesen dispuestos a seguir dándole largas, a agasajarlo mucho y a hacerle promesa tras promesa hasta que se aburriera y se fuese con viento fresco, y otra que no garantizaran su seguridad.

—Además —prosiguió el conde—, Olivares es listo y sabe improvisar. Igual cambia de idea, y el rey con él. ¿Sabes qué le ha dicho esta mañana delante de mí al de Gales?… Que si no obtenían dispensa de Roma y no podía darle a la infanta como esposa, se la daría como amante… ¡Es grande, ese Olivares! Un hideputa con pintas, hábil y peligroso, más listo que el hambre. Y Carlos tan contento, seguro de tener ya a doña María en los brazos.

—¿Se sabe cómo ve ella el asunto?

—Tiene veinte años, así que imagínate. Se deja querer. Que un hereje de sangre real, joven y guapo, sea capaz de lo que ha hecho éste por ella, la repele y fascina al mismo tiempo. Pero es una infanta de Castilla, así que el protocolo lo tiene todo previsto. Dudo que los dejen pelar la pava a solas ni para decir un avemaría… Precisamente volviendo para acá se me ha ocurrido el comienzo de un soneto:

> *Vino Gales a bodas con la infanta*
> *en procura de tálamo y princesa,*
> *ignorante el leopardo que esta empresa*
> *no corona el audaz, sino el que aguanta.*

»... ¿Qué te parece? —Álvaro de la Marca miró inquisitivo a Alatriste, que sonreía un poco, divertido y prudente, absteniéndose de opinar—. Bueno, yo no soy Lope, pardiez. E imagino que tu amigo Quevedo pondría serios reparos; mas para tratarse de versos míos no están mal... Si los ves circulando por ahí en hojas anónimas, ya sabes de quién son... En fin —el conde apuró el resto del vino y se puso en pie, tirando la servilleta sobre la mesa—. Volviendo a temas graves, lo cierto es que una alianza con Inglaterra nos compondría bien contra Francia; que después de los protestantes, y aún diría yo que más, es nuestra principal amenaza en Europa. A lo mejor con el tiempo cambian de idea y se celebra el casorio; aunque por los comentarios que conozco en privado del rey y de Olivares, me sorprendería mucho.

Anduvo unos pasos por la habitación, miró de nuevo el tapiz robado por su padre en Amberes y se detuvo, pensativo, ante la ventana.

—De una u otra forma —prosiguió— una cosa era acuchillar anoche a un viajero anónimo que oficialmente no estaba aquí, y otra muy distinta atentar hoy contra la vida del nieto de María Estuardo, huésped del rey de España y futuro monarca de Inglaterra. El momento ha pasado. Por eso imagino que tus enmascarados estarán furiosos, clamando venganza. Además, no les conviene que los testigos puedan hablar; y la mejor manera de silenciar a un testigo es convertirlo en cadáver... —se había vuelto a mirar con fijeza a su interlocutor—. ¿Captas la situación? Me alegro. Y ahora, capitán Alatriste, te he dedicado demasiado tiempo y tengo cosas que hacer;

entre ellas concluir mi soneto. Así que búscate la vida. Y que Dios te ampare.

Todo Madrid era una gran fiesta, y la curiosidad popular había convertido la casa de las Siete Chimeneas en pintoresca romería. Grupos de curiosos subían por la calle de Alcalá hasta la iglesia del Carmen Descalzo, congregándose al otro lado ante la residencia del embajador inglés, donde algunos alguaciles mantenían blandamente alejada a la gente que aplaudía el paso de cualquiera de las carrozas que iban y venían desde las cocheras de la casa. Se pedía a gritos que el príncipe de Gales saliera a saludar; y cuando a media mañana un joven rubio se asomó un momento a una de las ventanas, lo acogió estruendosa ovación, a la que el mozo correspondió con un gesto de la mano, tan gentil que de inmediato le ganó la voluntad del populacho congregado en la calle. Generoso, simpático, acogedor con quien sabía llegarle al corazón, el pueblo de Madrid había de dispensar al heredero del trono de Inglaterra, durante los meses que pasó en la Corte, siempre idénticas muestras de aprecio y benevolencia. Otra hubiera sido la historia de nuestra desgraciada España si los impulsos del pueblo, a menudo generoso, hubieran primado con más frecuencia frente a la árida razón de Estado, el egoísmo, la venalidad y la incapacidad de nuestros políticos, nuestros nobles y nuestros monarcas. El cronista anónimo se lo hace decir a ese mismo pueblo en el viejo romance del Cid, y uno recuerda con frecuencia sus palabras cuando considera la triste historia de nuestras gentes, que siempre dieron lo mejor de sí mismas, su inocencia, su dinero, su trabajo y su sangre, viéndose en cambio tan mal pagadas: «*Qué buen vasallo que fuera, si tuviese buen señor*».

El caso es que el entusiasta vecindario madrileño acudió aquella mañana a festejar al de Gales, y yo mismo estuve allí acompañando a Caridad la Lebrijana, que no quería perderse el espectáculo. No sé si les he contado que la Lebrijana tenía por entonces treinta o treinta y cinco años y era una andaluza vulgar y hermosa, morena, todavía de trapío y buenas trazas, ojos grandes, negros y vivos, y pecho opulento, que había sido actriz de comedias durante cinco o seis años, y puta otro tanto en una casa de la calle de las Huertas. Cansada de aquella vida, con las primeras patas de gallo había empleado sus ahorros en comprar la taberna del Turco, y de ella vivía ahora con relativas decencia y holgura. Añadiré, sin que sea faltar a ningún secreto, que la Lebrijana estaba enamorada hasta los tuétanos de mi señor Alatriste, y que a tal título le fiaba en condumio y materia líquida; y que la vecindad del alojamiento del capitán, comunicada por la misma corrala con la puerta trasera de la taberna y la vivienda de la Lebrijana, facilitaba que ambos compartieran cama con cierta frecuencia. Cierto es que el capitán siempre se mostró discreto en mi presencia; pero cuando vives con alguien, a la larga esas cosas se notan. Y yo, aunque jovencito y de Oñate, nunca fui ningún pardillo.

Aquel día, les contaba, acompañé a Caridad la Lebrijana por las calles Mayor, Montera y Alcalá, hasta la residencia del embajador inglés, y allí nos quedamos con la muchedumbre que vitoreaba al de Gales, entre ociosos y gentes de toda condición convocadas por la curiosidad. Convertida la calle en mentidero más zumbón que las gradas de San Felipe, pregonaban sus bebidas aguadores y alojeros, vendíanse pastelillos y vidrios de conserva, se instalaban improvisados bodegones de puntapié para saciar el hambre por unas monedas, pordioseaban los mendigos, alborotaban criadas, pajes y escuderos, corrían todo tipo de especies e invenciones fabulosas, se parloteaban en corros los acontecimientos y los rumores de palacio, y eran alabados el cuajo y la audacia caballeresca del joven príncipe, haciéndose todos lenguas, y en especial las mujeres, de su elegancia y figura, así como las demás prendas de su persona y la de Buckingham. Y de ese modo, animadamente, muy a la española, iba transcurriendo la mañana.

—¡Tiene buen porte! —decía la Lebrijana, después que vimos al presunto príncipe asomarse a la ventana—. Talle fino y donaire... ¡Hará linda pareja con nuestra infanta!

Y se enjugaba las lágrimas con la punta de la toquilla. Como la mayor parte del público femenino, estaba de parte del enamorado; pues la audacia de su gesto había ganado las voluntades, y todos consideraban el asunto cosa hecha.

—Lástima que ese boquirrubio sea hereje. Pero eso lo arregla un buen confesor, y un bautismo a tiempo —la buena mujer, en su ignorancia, creía que los anglicanos eran como los turcos, que no los bautizaba nadie—... ¡Pueden más dos mamellas que dos centellas!

Y se reía, agitando aquel pecho opulento que a mí me tenía fascinado, y que en cierto modo —entonces me resultaba difícil explicarlo— me recordaba el de mi madre. Recuerdo perfectamente la sensación que me producía el escote de Caridad la Lebrijana cuando se inclinaba a servir la mesa y la blusa insinuaba, moldeados por su propio peso, aquellos volúmenes grandes, morenos y llenos de misterio. Con frecuencia me preguntaba qué haría el capitán con ellos cuando me mandaba a comprar algo, o a jugar a la calle, y se quedaba solo en casa con la Lebrijana; y yo, bajando la escalera de dos en dos peldaños, la oía a ella reír arriba, muy fuerte y alegre.

En ésas estábamos, aplaudiendo con entusiasmo a toda figura que se asomaba a las ventanas, cuando apareció el capitán Alatriste. Aquélla no era, ni mucho menos, la primera noche que pasaba fuera de nuestra casa; de modo que yo había dormido a pierna suelta, sin inquietud alguna. Pero al verlo ante la casa de las Siete Chimeneas intuí que algo ocurría. Llevaba el sombrero bien calado sobre la cara, la capa envuelta en torno al cuello y las mejillas sin rasurar a pesar de lo avanzado de la mañana; él, que con su disciplina de soldado viejo tan cuidadoso era de una digna apariencia. Sus ojos claros también parecían cansados y recelosos al mismo tiempo, y se le veía caminar entre la gente con el gesto suspicaz de quien, de un momento a otro, espera una mala pasada. Tras las primeras palabras pareció más relajado, cuando aseguré que nadie había preguntado por él, ni durante la noche ni por la mañana. La Lebrijana dijo lo mismo respecto a la taberna: ni desconocidos ni preguntas. Después, al apartarme un poco, la oí inquirir en voz baja en qué malos pasos andaba metido de nuevo. Volvíme a mirarlos con disimulo, la oreja atenta; pero Diego Alatriste se limitaba a permanecer silencioso, mirando las ventanas del embajador inglés con expresión impasible.

Había también entre los curiosos gente de calidad, sillas de manos, literas y coches, incluso dos o tres carrozas con damas y sus dueñas acechando tras las cortinillas; y los vendedores ambulantes se acercaban a ofrecerles refresco y golosinas. Al echarles un vistazo me pareció reconocer uno de los carruajes: era oscuro, sin escudo en la portezuela, con dos buenas mulas en los arreos. El cochero charlaba en un corro de curiosos, así que pude ir hasta el estribo sin que nadie me importunase. Y allí, en la ventanilla, una mirada azul y unos tirabuzones rubios bastaron para darme la certeza de que mi corazón, que palpitaba alocadamente hasta querérseme salir del pecho, no había errado.

—A vuestro servicio —dije, afirmando la voz a duras penas.

Ignoro cómo, con los pocos años que por aquel entonces tenía Angélica de Alquézar, alguien puede llegar a sonreír como ella lo hizo esa mañana ante la casa de las Siete Chimeneas; pero lo cierto es que así fue. Una sonrisa lenta, muy lenta, de desdén y de sabiduría infinita al mismo tiempo. Una de aquellas sonrisas que ninguna niña ha tenido tiempo de aprender en su vida, sino que son innatas, hechas de esa lucidez y esa mirada penetrante que en las mujeres constituye exclusivo patrimonio; fruto de siglos y siglos de ver, en silencio, a los hombres cometiendo toda suerte de estupideces. Yo era entonces demasiado joven para advertir lo menguados que podemos ser los varones, y lo mucho que puede aprenderse en los ojos y en la sonrisa de las mujeres. No pocos percances de mi vida adulta se habrían resuelto a mayor satisfacción de haber dedicado más tiempo a tal menester. Pero nadie nace enseñado; y a menudo, cuando gozas de las debidas enseñanzas, es demasiado tarde para que éstas sirvan a tu salud o a tu provecho.

El caso es que la mocita rubia, de ojos como el cielo claro y frío de Madrid en invierno, sonrió al reconocerme; incluso se inclinó un poco hacia mí entre crujidos de seda de su vestido mientras apoyaba una mano delicada y blanca en el marco de la ventanilla. Yo estaba junto al estribo del coche de mi pequeña dama, y la euforia de la mañana y el ambiente caballeresco de la situación me acicateaban la audacia. También reforzaba mi aplomo el hecho de vestir aquel día con cierto decoro, gracias a un jubón marrón oscuro y unas viejas medias calzas pertenecientes al capitán Alatriste, que el hilo y la aguja de Caridad la Lebrijana habían ajustado a mi talla, dejándolas como nuevas.

—Hoy no hay barro en la calle —dijo, y su voz me estremeció hasta la punta de la coronilla. Era el suyo un tono quedo y seductor, nada infantil. Casi demasiado grave para su edad. Algunas damas usaban ese mismo tono al dirigirse a sus galanes en las jácaras representadas en las plazas, y en las comedias. Pero Angélica de Alquézar —cuyo nombre yo ignoraba todavía— no era actriz, y era una niña. Nadie le había enseñado a fingir aquel eco oscuro, aquel modo de pronunciar las palabras de un modo capaz de hacerte sentir como un hombre hecho y derecho, y además el único existente en mil leguas a la redonda.

—No hay barro —repetí, sin prestar atención a lo que yo mismo decía—. Y lo siento, porque eso me impide tal vez serviros de nuevo.

Con las últimas palabras me llevé la mano al corazón. Reconozcan, por tanto, que no me las compuse mal; y que la respuesta galante y el gesto estuvieron a la altura de la dama y de las circunstancias. Así debió de ser, pues en vez de desentenderse de mí, ella sonrió otra vez. Y yo fui el mozo más feliz, y más galante, y más hidalgo del mundo.

—Es el paje del que os hablé —dijo entonces ella, dirigiéndose a alguien que estaba a su lado, en el interior del coche, y a quien yo no podía ver—. Se llama Íñigo, y vive en la calle del Arcabuz —estaba vuelta de nuevo hacia mí, que la miraba con la boca abierta, fascinado por el hecho de que fuera capaz de recordar mi nombre—. Con un capitán, ¿no es cierto?... Un tal capitán Batiste, o Eltriste.

Hubo un movimiento en la penumbra del interior del coche y, primero una mano de uñas sucias, y luego un brazo vestido de negro, surgieron detrás de la niña para apoyarse en la ventanilla. Les siguió una capa también negra y un jubón con la insignia roja de la orden de Calatrava; y por fin, sobre una golilla pequeña y mal almidonada, apareció el rostro de un hombre de unos cuarenta y tantos a cincuenta años, redonda la cabeza, villano el pelo escaso, deslucido y gris como su bigote y su perilla. Todo en él, a pesar de su vestimenta solemne, transmitía una indefinible sensación de vulgaridad ruin; los rasgos ordinarios y antipáticos, el cuello grueso, la nariz ligeramente enrojecida, la poca limpieza de las manos, la manera en que ladeaba la cabeza y, sobre todo, la mirada arrogante y taimada de menestral enriquecido, con influencia y poder, me produjeron una incómoda sensación al considerar que aquel sujeto compartía coche, y tal vez lazos de familia, con mi rubia y jovencísima enamorada. Pero lo más inquietante fue el extraño brillo de sus ojos; la expresión de odio y cólera que vi aparecer en ellos cuando la niña pronunció el nombre del capitán Alatriste.

# Capítulo VII

# LA RÚA DEL PRADO

El día siguiente era domingo. Empezó en fiesta, y a pique estuvo para Diego Alatriste y para mí de terminar en tragedia. Pero no adelantemos acontecimientos. La parte festiva del asunto transcurrió en torno a la rúa que, en espera de la presentación oficial ante la Corte y la infanta, el rey don Felipe IV ordenó en honor de sus ilustres huéspedes. En aquel tiempo se llamaba *hacer la rúa* al paseo tradicional que todo Madrid recorría en carroza, a pie o a caballo, bien por la carrera de la calle Mayor, entre Santa María de la Almudena y las gradas de San Felipe y la puerta del Sol, o bien prolongando el itinerario calle abajo, hasta las huertas del duque de Lerma, el monasterio de los Jerónimos y el Prado del mismo nombre. Respecto a la calle Mayor, ésta era vía de tránsito obligada desde el centro de la villa al Alcázar Real, y también lugar de plateros, joyeros y tiendas elegantes; por eso al caer la tarde se llenaba de carrozas con damas, y caballeros luciéndose ante ellas. En cuanto al Prado de San Jerónimo, grato en días de sol invernal y en tardes

119

de verano, era lugar arbolado y verde, con veintitrés fuentes, muchas tapias de huertas y una alameda por donde circulaban carruajes y paseantes en amena conversación. También era sitio de cita social y galanteo, propicio para lances furtivos de enamorados, y lo más granado de la corte se solazaba en su paisaje. Pero quien mejor resumió todo esto de hacer la rúa fue don Pedro Calderón de la Barca, algunos años más tarde, en una de sus comedias:

> *Por la mañana estaré*
> *en la iglesia a que acudís;*
> *por la tarde, si salís*
> *en la Carrera os veré;*
> *al anochecer iré*
> *al Prado, al coche arrimado;*
> *luego, en la calle embozado:*
> *ved si advierte bien mi amor*
> *horas de calle Mayor*
> *misa, reja, coche y Prado.*

Ningún lugar, pues, más idóneo para que nuestro monarca el Cuarto Felipe, galante como cosa propia de sus jóvenes años, decidiera organizar el primer conocimiento oficioso entre su hermana la infanta y el gallardo pretendiente inglés. Todo debía transcurrir, naturalmente, dentro de los límites del decoro y el protocolo propios de la Corte española; cuyas reglas eran tan estrictas que la regia familia tenía establecido, de antemano, lo por hacer en todos y cada uno de los días y horas de su vida. No es de extrañar, por tanto, que la visita inesperada del ilustre aspirante a cuñado fuese acogida por el monarca como pretexto para romper la rígida etiqueta palatina, e improvisar fiestas y salidas. Pusiéronse manos a la obra, organizándose un paseo de carrozas en el que participó todo aquel que era algo en la Corte; y el pueblo ofició como testigo de aquella exhibición caballeresca que tanto halagaba el orgullo nacional y que, sin duda, a los ingleses parecería singular y asombrosa. Por cierto, cuando el futuro Carlos I inquirió sobre la posibilidad de saludar a su novia, aunque fuera con un simple buenas tardes, el conde de Olivares y el resto de los consejeros españoles se miraron gravemente unos a otros antes de comunicar a Su Alteza, con mucho protocolo diplomático y mucha política, que verdes las habían segado. Era impensable que nadie, ni siquiera un príncipe de Gales, que oficialmente aún no había sido presentado, hablase o pudiera acercarse a la infanta doña María, o a cualquier otra dama de la familia real. Con todo recato se verían al pasar, y gracias.

Yo mismo estaba en la calle con los curiosos, y reconozco que el espectáculo fue el colmo de la galantería y la finura, con la flor y la nata de Madrid vestida de sus mejores galas; pero, al mismo tiempo, y a causa del todavía oficial incógnito de nuestros visitantes, todo el mundo se comportó con la mayor naturalidad, como quien no quiere la cosa. El de Gales, Buckingham, el embajador inglés y el conde de Gondomar, nuestro diplomático en Londres, estaban en una carroza cerrada en la puerta de Guadalajara —una carroza *invisible*, pues se había prohibido expresamente vitorearla o señalar su presencia— y desde allí Carlos vio pasar por primera vez los

121

carruajes que llevaban de paseo a la familia real. En uno de ellos, junto a nuestra bellísima reina de veinte años doña Isabel de Borbón, vio por fin el de Gales a la infanta doña María, que en plena juventud lucía rubia, guapa y discreta, con un vestido de brillante brocado y, al brazo, la cinta azul convenida para que la reconociera su pretendiente. Entre idas y venidas por la calle Mayor y el Prado, tres veces pasó la carroza aquella tarde junto a la de los ingleses; y aunque apenas dio tiempo al príncipe de ver unos ojos azules y un dorado cabello adornado con plumas y piedras preciosas, cuentan que quedó rendidamente enamorado de nuestra infanta. Y así debió de ser, pues durante los cinco meses siguientes permanecería en Madrid, en demanda de conseguirla como esposa, mientras el rey lo agasajaba como a un hermano y el conde de Olivares le daba largas y lo toreaba con la mayor diplomacia del mundo. La ventaja es que, mientras hubo esperanzas de boda, los ingleses hicieron una tregua en lo de hacernos la puñeta apresándonos galeones de Indias con sus piratas, sus corsarios, sus amigos holandeses y la puta que los parió; así que bueno fue lo comido por lo servido.

Desoyendo los consejos del conde de Guadalmedina, el capitán Alatriste no puso pies en polvorosa ni quiso esconderse de nadie. Ya he contado en el capítulo anterior que, la misma mañana en que Madrid conoció la llegada del de Gales, el capitán vino a pasear ante la misma casa de las Siete Chimeneas; y aún tuve ocasión de encontrarlo entre el gentío de la calle Mayor cuando la célebre rúa de aquel domingo, mirando pensativo la carroza de los ingleses. Inclinada, eso sí, el ala del chapeo sobre el rostro, y bien dispuesto el disimulado rebozo de la capa. Después de todo, ni lo cortés ni lo valiente suponen dar tres cuartos al pregonero.

Aunque nada me había contado de la aventura, yo estaba al tanto de que algo ocurría. La noche siguiente me había mandado a dormir a casa de la Lebrijana, so pretexto de que tenía gente que recibir para cierto negocio. Pero luego supe que la pasó en vela, con dos pistolas cargadas, espada y daga. Nada ocurrió, sin embargo; y con las luces del alba pudo echarse a dormir tranquilo. De ese modo lo hallé al regresar por la mañana: humeante el candil sin aceite, y él echado sobre la cama con la ropa puesta y arrugada, armas al alcance de la mano, respirando recia y acompasadamente por la boca entreabierta, con una expresión obstinada en el ceño fruncido.

Era fatalista el capitán Alatriste. Tal vez su condición de viejo soldado —había peleado en Flandes y el Mediterráneo tras escapar de la escuela para alistarse como paje y tambor a los trece años— dejó impresa en él aquella manera tan suya de encajar el riesgo, los malos tragos, las incertidumbres y sinsabores de una vida bronca, difícil, con el estoicismo de quien se acostumbra a no esperar otra cosa. Su talante encajaba en la definición que un mariscal francés, Grammont, haría de los españoles un poco más tarde: «*El valor les es bastante natural, así como la paciencia en los trabajos y la confianza en la adversidad... Los señores soldados rara vez se asombran de los malos sucesos, y se consuelan con la esperanza del pronto retorno de su buena fortuna…*». O esa otra francesa, Madame de Nosequé, que contó: «*Se les ve expuestos a la injuria de los tiempos, en la miseria; y a pesar de ello, más bravos, soberbios y orgullosos que en la opulencia y la prosperidad*»… Vive Dios que todo esto es muy cierto; y yo, que conocí tales tiempos y aun los peores que vinieron después, puedo dar buena fe. En cuanto a Diego Alatriste, el orgullo y la soberbia le iban por dentro, y sólo se manifestaban en sus testarudos silencios. Ya dije que, a diferencia de tantos valentones que se retorcían el mostacho y hablaban fuerte en las calles y mentideros de la Corte, a él nunca lo oí fanfarronear sobre los recuerdos de su larga vida militar. Pero a veces viejos camaradas de armas sacaban a relucir, en torno a una jarra de vino, historias relacionadas con él que yo escuchaba con avidez; pues, para mis pocos años, Diego Alatriste no era sino el trasunto del padre que había perdido honrosamente en las guerras del rey nuestro señor: uno de esos hombres pequeños, duros y bragados en los que tan pródiga fue siempre España para lo bueno y para lo malo, y a los que se refería Calderón —mi señor Alatriste, esté en la gloria o donde esté, disimulará que cite tanto a don Pedro Calderón en vez de a su amado Lope— al escribir:

> *… Sufren a pie quedo*
> *con un semblante, bien o mal pagados.*
> *Nunca la sombra vil vieron del miedo,*
> *y aunque soberbios son, son reportados.*
> *Todo lo sufren en cualquier asalto;*
> *sólo no sufren que les hablen alto.*

Recuerdo un episodio que me impresionó de modo especial, sobre todo porque marcaba bien a las claras el talante del capitán Alatriste. Juan Vicuña, que había sido sargento de caballos cuando el desastre de nuestros tercios en las dunas de Nieuport —triste la madre que allí tuvo hijo—, describió varias veces, componiendo trozos de pan y jarras de vino sobre la mesa de la taberna del Turco, la derrota sufrida por los españoles. Él, mi padre y Diego Alatriste habían sido de los afortunados que llegaron a ver ponerse el sol en aquella funesta jornada; cosa que no puede decirse de los 5.000 compatriotas, incluidos 150 jefes y capitanes, que dejaron la piel frente a holandeses, ingleses y franceses; que aunque a menudo guerreaban entre sí, no tenían reparo en coaligarse unos con otros cuando se trataba de jodernos bien. En Nieuport les salió a pedir de boca: era muerto el maestre de campo don Gaspar Zapena, y apresados el almirante de Aragón y otros jefes principales. Ya nuestras tropas en desbandada, Juan Vicuña, caídos todos sus oficiales, herido él mismo en el brazo que perdería de gangrena semanas más tarde, se retiró con su diezmada compañía junto a los restos de las tropas extranjeras aliadas. Y contaba Vicuña que, al mirar por última vez atrás antes de escapar a uña de caballo, vio cómo el veterano Tercio Viejo de Cartagena —en cuyas filas formaban mi padre y Alatriste— intentaba abandonar el campo de batalla sembrado de cadáveres, entre una turba de enemigos que lo arcabuceaban y acribillaban con mosquetes y artillería. Había muertos, agonizantes y fugitivos hasta donde abarcaba la vista, refería Vicuña. Y en pleno desastre, bajo el sol abrasador que deslumbraba las dunas de arena, entre el fuerte viento y los remolinos que lo cubrían de humo y polvo, las compañías del viejo Tercio, erizadas de picas, formadas en cuadro alrededor de sus banderas desgarradas por la metralla, escupiendo mosquetazos por los cuatro costados, se retiraban muy despacio sin romper la formación, impávidas, estrechando filas después de cada brecha abierta por la artillería enemiga que no osaba acercárseles. En los altos, los soldados conversaban en calma con sus oficiales y luego volvían a ponerse en marcha sin dejar de batirse, temibles incluso en la derrota; cerrados y serenos como si estuvieran en un desfile, al paso que les marcaba el lentísimo redoble de sus tambores.

—El Tercio de Cartagena llegó a Nieuport al anochecer —concluía Vicuña, moviendo con su única mano los últimos trozos de pan y jarras que quedaban sobre la mesa—. Siempre al paso y sin apresurarse: setecientos de los mil ciento cincuenta hombres que habían empezado la batalla... Lope Balboa y Diego Alatriste venían con ellos, negros de pólvora, sedientos, exhaustos. Se habían salvado por no romper la formación, por mantener la sangre fría en medio del desastre general. ¿Y saben vuestras mercedes lo que respondió Diego cuando acudí a darle un abrazo, felicitándolo por seguir vivo?... Pues me miró con esos ojos suyos, helados como los malditos canales holandeses, y dijo: «*Estábamos demasiado cansados para correr*».


No fueron a buscarlo de noche, como esperaba, sino a la atardecida y de modo más o menos oficial.

Llamaron a la puerta, y cuando abrí encontré en ella la recia figura del teniente de alguaciles Martín Saldaña. Había corchetes acompañándolo en la escalera y el patio —conté media docena— y algunos llevaban las espadas desenvainadas.

Entró Saldaña, solo, bien herrado el cinto de armas, y cerró la puerta tras de sí conservando puesto el sombrero y la espada en el tahalí. Alatriste, en mangas de camisa, se había levantado y aguardaba en el centro de la habitación. En ese momento apartaba la mano de su daga, que había requerido con presteza al oír los golpes.

—Por la sangre de Cristo, Diego, que me lo pones fácil —dijo Saldaña, malhumorado, haciendo como que no veía las dos pistolas de chispa puestas sobre la mesa—. Podías haberte ido de Madrid, al menos. O cambiar de casa.

—No te esperaba a ti.

—Imagino que no me esperabas a mí —Saldaña le dirigió al fin un breve vistazo a las pistolas, dio unos pasos por la habitación, se quitó el sombrero y lo puso sobre ellas, cubriéndolas—. Aunque esperases a alguien.

—¿Qué se supone que he hecho?

Yo estaba asomado a la puerta del otro cuarto, inquieto por todo aquello. Saldaña me miró un momento y luego dio unos pasos por la habitación. También él había sido amigo de mi padre, en Flandes.

—Que me parta un rayo si lo sé —le dijo al capitán—. Mis órdenes son llevarte detenido, o muerto si opones resistencia.

—¿De qué se me acusa?

El teniente de alguaciles encogió los hombros, evasivo.

—No se te acusa. Alguien quiere hablar contigo.

—¿Quién dio esa orden?

—No es de tu incumbencia. Me la dieron, y sobra —se había vuelto a mirarlo con fastidio, como echándole en cara verse en tal compromiso—... ¿Se puede saber qué pasa, Diego? No imaginas lo que tienes encima.

Alatriste le dirigió una sonrisa torcida, sin rastro de humor.

—Me limité a aceptar el trabajo que tú me recomendaste.

—¡Pues maldita sea la hora y maldita sea mi estampa! —Saldaña emitió un largo y rudo suspiro—... Voto a Dios que quienes te emplearon no parecen satisfechos con la ejecución del negocio.

—Es que era demasiado sucio, Martín.

—¿Sucio?... ¿Y qué importa eso? No recuerdo haber hecho un trabajo limpio en los últimos treinta años. Ni creo que tú tampoco.

—Era sucio hasta para nosotros.

—No sigas —Saldaña levantaba las manos, alejando la tentación de averiguar más—. No quiero saber nada de nada. En estos tiempos, saber de más es peor que saber de menos... —miró de nuevo a Alatriste, incómodo y decidido al mismo tiempo—. ¿Vas a venir por las buenas, o no?

—¿Cuáles son mis naipes?

Saldaña lo consideró mentalmente. Hacerlo no le llevó mucho tiempo.

—Bueno —concluyó—. Puedo demorarme aquí mientras pruebas suerte con la gente que tengo ahí afuera... No tienen muy buen puño, pero son seis; y dudo que ni tan siquiera tú llegues a la calle sin, al menos, un par de buenas cuchilladas en el cuerpo y algún pistoletazo.

—¿Y el trayecto?

—En coche cerrado, así que olvídalo. Tenías que haberte largado antes de que viniéramos, hombre. Has tenido tiempo de sobra para hacerlo —la mirada que Saldaña le dirigió al capitán estaba cargada de reproches—… ¡Que se condene mi alma si esperaba encontrarte aquí!

—¿Dónde vas a llevarme?

—No te lo puedo decir. En realidad he dicho mucho más de lo que debo —yo seguía en la puerta del otro cuarto, muy callado y quieto, y el teniente de alguaciles reparó en mí por segunda vez—… ¿Quieres que me ocupe del muchacho?

—No, déjalo —Alatriste ni me miró, absorto en sus reflexiones—. Ya lo hará la Lebrijana.

—Como quieras. ¿Vas a venir?

—Dime dónde vamos, Martín.

Movió el otro la cabeza, hosco.

—Ya te he dicho que no puedo.

—No es a la cárcel de Corte, ¿verdad?

El silencio de Saldaña fue elocuente. Entonces vi dibujarse en la cara del capitán Alatriste aquella mueca que a menudo le hacía las veces de sonrisa.

—¿Tienes que matarme? —preguntó, sereno.

Saldaña volvió a negar con la cabeza.

—No. Te doy mi palabra de que las órdenes son llevarte vivo si no te resistes. Otra cosa es que después te dejen salir de donde yo te lleve… Pero entonces habrás dejado de ser asunto mío.

—Si no les importara el revuelo, me habrían despachado aquí mismo —Alatriste se deslizó un dedo índice por delante del cuello, imitando el movimiento de un cuchillo—. Te mandan porque quieren sigilo oficial... Detenido, interrogado, dicen que puesto en libertad después, etcétera. Y en el entretanto, vayan vuestras mercedes a saber.

Sin rodeos, Saldaña se mostró de acuerdo.

—Eso creo yo —dijo, ecuánime—. Me extraña que no medien acusaciones, que verdaderas o falsas son lo más fácil de preparar en este mundo. Quizá temen que hables en público... En realidad, mis órdenes me prohíben cambiar una sola palabra contigo. Tampoco quieren que registre tu nombre en el libro de detenidos... ¡Cuerpo de Dios!

—Déjame llevar un arma, Martín.

El teniente de alguaciles miró a Alatriste, boquiabierto.

—Ni hablar —dijo, tras una larga pausa.

Con gesto deliberadamente lento, el capitán había sacado la cuchilla de matarife y se la mostraba.

—Sólo ésta.

—Estás loco. ¿Me tomas por un imbécil?

Alatriste hizo un gesto negativo.

—Quieren asesinarme —dijo, con sencillez—. Eso no es grave en este oficio; ocurre tarde o temprano. Pero no me gusta poner las cosas fáciles —de nuevo afloró la mueca parecida a una sonrisa—. Te juro que no la usaré contra ti.

Saldaña se rascó la barba de soldado viejo. El tajo que ésta le tapaba, y que le iba desde la boca a la oreja derecha, se lo habían hecho los holandeses en el asedio de Ostende, cuando el asalto a los reductos del Caballo y de la Cortina. Entre sus compañeros de aquella jornada, y de algunas más, se contaba Diego Alatriste.

—Ni contra ninguno de mis hombres —dijo Saldaña, al cabo.

—Jurado.

Todavía dudó un poco el teniente de alguaciles. Al cabo se volvió de espaldas, blasfemando entre dientes, mientras el capitán escondía la cuchilla de matarife en la caña de una bota.

—Maldita sea, Diego —dijo Saldaña, por fin—. Vámonos de una condenada vez.

Se fueron sin más conversación. El capitán no quiso llevar capa, por verse más desembarazado, y Martín Saldaña estuvo de acuerdo. También le permitió ponerse el coleto de piel de búfalo sobre el jubón. «Te abrigará del frío», había dicho el veterano teniente disimulando una sonrisa. En cuanto a mí, ni me quedé en la casa ni fui con Caridad la Lebrijana. Apenas bajaron la escalera, sin pensarlo dos veces cogí las pistolas de la mesa y la espada colgada de la pared, y componiéndolo todo en un fardo con la capa, me lo puse bajo el brazo y corrí tras ellos.

Apenas quedaba día en el cielo de Madrid; si acaso alguna claridad recortando tejados y campanarios hacia la ribera del Manzanares y el Alcázar Real. Y así, entre dos luces, con las sombras adueñándose poco a poco de las calles, anduve siguiendo de lejos el carruaje, cerrado y con tiro de cuatro mulas, donde Martín Saldaña y sus corchetes se llevaban al capitán. Pasaron ante el colegio de la Compañía de Jesús, calle de Toledo abajo, y en la plazuela de la Cebada, sin duda para evitar vías concurridas, torcieron hacia el cerrillo de la fuente del Rastro antes de volver de nuevo a la derecha, casi en las afueras de la ciudad; muy cerca del camino de Toledo, del matadero y de un viejo lugar que era antiguo cementerio moro, y de ahí conservaba, por mal nombre, el de Portillo de las Ánimas. Sitio que, por su macabra historia y a tan funesta hora, no resultaba tranquilizador en absoluto.

Se detuvieron cuando ya entraba la noche, ante una casa de apariencia ruin, con dos pequeñas ventanas y un zaguán grande que más parecía entrada de caballerías que otra cosa; sin duda una vieja posada para tratantes de ganado. Los estuve observando, jadeante, escondido junto al guardacantón de una esquina con mi atado bajo el brazo. De ese modo vi bajar a Alatriste, resignado y tranquilo, rodeado por Martín Saldaña y los corchetes; y al cabo los vi salir sin el capitán, subir al carruaje y marcharse todos de allí. Aquello me inquietó, pues ignoraba quién más podía estar dentro. Acercarme era excusado, pues corría riesgo cierto de que me atraparan. Así que, lleno de angustia pero paciente como —según le había oído alguna vez al mismo Alatriste— debía serlo todo hombre de armas, apoyé la espalda en la pared hasta confundirme con la oscuridad, y me dispuse a esperar. Confieso que tenía frío y tenía miedo. Pero yo era hijo de Lope Balboa, soldado del rey, muerto en Flandes. Y no podía abandonar al amigo de mi padre.

# Capítulo VIII

# EL PORTILLO DE
# LAS ÁNIMAS

Aquello parecía un tribunal, y a Diego Alatriste no le cupo la menor duda de que lo era. Echaba en falta a uno de los enmascarados, el hombre corpulento que había exigido poca sangre. Pero el otro, el de la cabeza redonda y el cabello ralo y escaso, estaba allí, con el mismo antifaz sobre la cara, sentado tras una larga mesa en la que había un candelabro encendido y recado de escribir con plumas, papel y tintero. Su hostil aspecto y actitud hubieran parecido lo más inquietante del mundo de no ser porque alguien todavía más inquietante estaba sentado junto a él, sin máscara y con las manos emergiendo como serpientes huesudas de las mangas del hábito: fray Emilio Bocanegra.

No había más sillas, así que el capitán Alatriste permaneció de pie mientras era interrogado. Se trataba, en efecto, de un interrogatorio en regla, menester en que el fraile dominico se veía a sus anchas. Era obvio que estaba furioso; mucho más allá de todo lo remotamente relacionado con la caridad cristiana. La luz trémula del candelabro envilecía sus mejillas cóncavas, mal afeitadas, y sus ojos brillaban de odio al clavarse en Alatriste. Todo él, desde la forma en que hacía las preguntas hasta el menos perceptible de sus movimientos, era pura amenaza; de modo que el capitán miró alrededor, preguntándose dónde estaría el potro en que, acto seguido, iban a ordenar darle tormento. Le sorprendió que Saldaña se hubiera retirado con sus esbirros y allí no hubiera guardias a la vista. En apariencia estaban solos el enmascarado, el fraile y él. Advertía algo extraño, una nota discordante en todo aquello. Algo no era lo que debía ser. O lo que parecía.

Las preguntas del inquisidor y su acompañante, que de vez en cuando se inclinaba sobre la mesa para mojar la pluma en el tintero y anotar alguna observación, se prolongaron durante media hora; y al cabo de ese tiempo el capitán pudo hacerse composición de lugar y circunstancias, incluido por qué se encontraba allí, vivo y en condiciones de mover la lengua para articular sonidos, en vez de degollado como un perro en cualquier vertedero. Lo que a sus interrogadores preocupaba, antes, era averiguar cuánto había contado y a quién. Muchas preguntas apuntaron al papel desempeñado por Guadalmedina en la noche de los dos ingleses; e iban dirigidas, sobre todo, a establecer cómo se había visto implicado el conde y cuánto sabía del asunto. Los inquisidores mostraron también especial interés en conocer si había alguien más al corriente, y los nombres de quienes pudieran tener detalles del negocio a que tan mal remate había dado Diego Alatriste. Por su parte, el capitán se mantuvo con la guardia alta, sin reconocer nada ni a nadie, y sostuvo que la intervención de Guadalmedina era casual; aunque sus interlocutores parecían convencidos de lo contrario. Sin duda, reflexionó el capitán, contaban con alguien dentro del Alcázar Real, que había informado de las idas y venidas del conde en la madrugada y la mañana siguientes a la escaramuza del callejón. De cualquier modo, se mantuvo firme en sostener que ni Álvaro de la Marca, ni nadie, sabían de su entrevista con los dos enmascarados y el dominico. En cuanto a sus respuestas, la mayor parte consistieron en monosílabos, inclinaciones o negaciones de cabeza. El coleto de piel de búfalo le daba mucho calor; o tal vez sólo fuese efecto de la aprensión cuando miraba alrededor, suspicaz, preguntándose de dónde iban a salir los verdugos que debían de estar ocultos, dispuestos a caer sobre él y conducirlo maniatado a la antesala del infierno. Hubo una pausa mientras el enmascarado escribía con una letra muy despaciosa y correcta, de amanuense, y el fraile mantenía fija en Alatriste aquella mirada hipnótica y febril capaz de ponerle los pelos de punta al más ahigadado. En el ínterin, el capitán se preguntó para sus adentros si nadie iba a interrogarlo sobre por qué había desviado la espada del italiano. Por lo visto a todos les importaban un carajo sus personales razones en el asunto. Y en ese instante, cual si fuera capaz de leer sus pensamientos, fray Emilio Bocanegra movió una mano sobre la mesa y la dejó inmóvil, apoyada en la madera oscura, con su lívido dedo índice apuntando al capitán.

—¿Qué impulsa a un hombre a desertar del bando de Dios y pasarse a las filas impías de los herejes?

Tenía gracia, pensó Diego Alatriste, calificar como bando de Dios al formado por él mismo, el amanuense del antifaz y aquel siniestro espadachín italiano. En otras circunstancias se habría echado a reír; pero no estaba el horno para bollos. Así que se limitó a sostener sin pestañear la mirada del dominico; y también la del otro, que había dejado de escribir y lo observaba con muy escasa simpatía a través de los agujeros de su careta.

—No lo sé —dijo el capitán—. Tal vez porque uno de ellos, a punto de morir, no pidió cuartel para él, sino para su compañero.

El inquisidor y el enmascarado cambiaron una breve mirada incrédula.

—Dios del Cielo —murmuró el fraile.

Sus ojos lo medían llenos de fanatismo y desprecio. Estoy muerto, pensó el capitán, leyéndolo en aquellas pupilas negras y despiadadas. Hiciera lo que hiciera, dijera lo que dijese, esa mirada implacable lo tenía tan sentenciado como la aparente flema con que el enmascarado manejaba de nuevo la pluma sobre el papel. La vida de Diego Alatriste y Tenorio, soldado de los tercios viejos de Flandes, espadachín a sueldo en el Madrid del rey don Felipe Cuarto, valía lo que a esos dos hombres aún les interesara averiguar. Algo que, según podía deducirse del giro que tomaba la conversación, ya no era mucho.

—Pues vuestro compañero de aquella noche —el hombre de la careta hablaba sin dejar de escribir, y su tono desabrido sonaba funesto para el destinatario— no pareció tener tanto escrúpulo como vos.

—Doy fe —admitió el capitán—. Incluso parecía disfrutar.

El enmascarado dejó un momento la pluma en alto para dirigirle una breve mirada irónica.

—Cuán malvado. ¿Y vos?

—Yo no disfruto matando. Para mí, quitar la vida no es una afición, sino un oficio.

—Ya veo —el otro mojó la pluma en el tintero, retornando a su tarea—. Ahora va a resultar que sois hombre dado a la compasión…

—Yerra vuestra merced —respondió sereno el capitán—. Soy conocido por hombre más inclinado a estocadas que a buenos sentimientos.

—Así os recomendaron, por desgracia.

—Y así es, en verdad. Pero aunque mi mala fortuna me haya rebajado a esta condición, he sido soldado toda la vida y hay ciertas cosas que no puedo evitar.

El dominico, que durante el anterior diálogo se había mantenido quieto como una estatua, dio un respingo, inclinándose después sobre la mesa como si pretendiera fulminar a Alatriste allí mismo, en el acto.

—¿Evitar?… Los soldados sois chusma —declaró, con infinita repugnancia—… Gentuza de armas blasfema, saqueadora y lujuriosa. ¿De qué infernales sentimientos estáis hablando?… Una vida se os da un ardite.

El capitán recibió la andanada en silencio, y sólo al final hizo un encogimiento de hombros.

—Sin duda tenéis razón —dijo—. Pero hay cosas difíciles de explicar. Yo iba a matar a aquel inglés. Y lo hubiera hecho, de haberse defendido o pedido clemencia para él… Pero cuando solicitó gracia lo hizo para el otro.

El enmascarado de la cabeza redonda dejó otra vez inmóvil la pluma.

—¿Acaso os revelaron entonces su identidad?

—No, aunque pudieron hacerlo y tal vez salvarse. Lo que ocurre es que fui soldado durante casi treinta años. He matado y hecho cosas por las que condenaré mi alma... Pero sé apreciar el gesto de un hombre valiente. Y herejes o no, aquellos jóvenes lo eran.

—¿Tanta importancia dais al valor?

—A veces es lo único que queda —respondió con sencillez el capitán—. Sobre todo en tiempos como éstos, cuando hasta las banderas y el nombre de Dios sirven para hacer negocio.

Si después de aquello esperaba comentarios, no los hubo. El enmascarado se limitó a seguir mirándolo con fijeza.

—Ahora, naturalmente, ya sabéis quiénes son esos dos ingleses.

Alatriste guardó silencio, y por fin dejó escapar un corto suspiro.

—¿Me creeríais si lo negara?... Desde ayer lo sabe todo Madrid —miró al dominico y luego al enmascarado de modo significativo—. Y me alegro de no haber echado eso en mi conciencia.

Hizo un gesto hosco el del antifaz, cual si pretendiera sacudirse aquello que Diego Alatriste no había querido echarse encima.

—Nos aburrís con vuestra inoportuna conciencia, capitán.

Era la primera vez que así lo llamaba. Había ironía en el tratamiento, y Alatriste frunció el ceño. No le gustaba aquello.

—Me da igual que os aburra o no —repuso—. A mí no me gusta asesinar a príncipes sin saber que lo son —se retorcía el mostacho, malhumorado—… Ni que me engañen y manejen a mis espaldas.

—¿Y no sentís curiosidad —intervino fray Emilio Bocanegra, que escuchaba con atención— por saber qué ha decidido a algunos hombres justos a procurar esas muertes?… ¿A impedir que los malvados sorprendan la buena fe del rey nuestro señor, llevándose a una infanta de España como rehén a tierra de herejes?…

Alatriste negó despacio con la cabeza.

—No soy curioso. Fíjense vuestras mercedes en que ni siquiera intento averiguar quién es este caballero tapado con su máscara… —los miró con una seriedad burlona, insolente—. Ni tampoco ese que, antes de irse la otra noche, exigió que a los señores John y Thomas Smith sólo se les diera un escarmiento, quitándoles cartas y documentos, pero con resguardo de sus vidas.

El dominico y el enmascarado quedaron callados unos instantes. Parecían reflexionar. Fue el enmascarado quien habló por fin, mirándose las uñas manchadas de tinta.

—¿Acaso sospecháis la identidad de ese otro caballero?

—Yo no sospecho nada, pardiez. Me he visto envuelto en algo excesivo para mí, y lo lamento. Ahora sólo aspiro a salir con el cuello intacto.

—Demasiado tarde —dijo el fraile, en tono tan bajo que le recordó al capitán el siseo de una serpiente.

—Volviendo a nuestros dos ingleses —apuntó por su parte el enmascarado—. Recordaréis que, tras la marcha del otro caballero, recibisteis de Su Paternidad fray Emilio y de mí instrucciones bien distintas…

—Lo recuerdo. Pero también recuerdo que vos mismo parecíais mostrarle una especial deferencia a aquel otro caballero; y que no discutisteis sus órdenes sino cuando se fue, y apareció tras el tapiz Su... —Alatriste miró de soslayo al inquisidor, que permanecía impasible como si nada fuera con él— Su Paternidad. También eso pudo influir en mi decisión de respetar la vida a los ingleses.

—Habíais cobrado buen dinero por no respetarla.

—Cierto —el capitán echó mano al cinto—. Y helo aquí.

Las monedas de oro rodaron sobre la mesa y quedaron brillando a la luz del candelabro. Fray Emilio Bocanegra ni siquiera las miró, como si estuvieran malditas; pero el enmascarado alargó la mano y las fue contando una a una, colocándolas en dos pequeños montones junto al tintero.

—Faltan cuatro doblones —dijo.

—Sí. A cuenta de las molestias. Y de haberme tomado por un imbécil.

El dominico rompió su inmovilidad con ademán de cólera.

—Sois un traidor y un irresponsable —dijo, vibrándole el odio en la voz—. Con vuestros inoportunos escrúpulos habéis favorecido a los enemigos de Dios y de España. Todo eso lo purgaréis, os lo prometo, con las peores penas del infierno; pero antes lo pagaréis bien caro aquí, en la tierra, con vuestra carne mortal —el término *mortal* parecía serlo aún más en sus labios fríos y apretados—... Habéis visto demasiado, habéis oído demasiado, habéis errado demasiado. Vuestra existencia, capitán Alatriste, ya no vale nada. Sois un cadáver que, por algún extraño azar, todavía se sostiene en pie.

Desinteresado de aquella amenaza espantosa, el enmascarado echaba polvos para secar la tinta del papel. Después dobló y guardó lo escrito, y al hacerlo Alatriste volvió a entrever el extremo de una cruz roja de Calatrava bajo su ropón negro. Observó que también se guardaba las monedas de oro, aparentemente sin recordar que parte de ellas habían salido de la bolsa del dominico.

—Podéis iros —le dijo a Alatriste, tras mirarlo como si acabara de recordar su presencia.

El capitán lo miró, sorprendido.

—¿Libre?

—Es una forma de hablar —terció fray Emilio Bocanegra, con una sonrisa que parecía una excomunión—. Lleváis al cuello el peso de vuestra traición y nuestras maldiciones.

—No embarazan mucho tales pesos —Alatriste seguía mirando al uno y al otro, suspicaz— ... ¿Es cierto que puedo marcharme así, por las buenas?

—Eso hemos dicho. La ira de Dios sabrá dónde encontraros.

—La ira de Dios no me preocupa esta noche. Pero vuestras mercedes...

El enmascarado y el dominico se habían puesto en pie.

—Nosotros hemos terminado —dijo el primero.

Alatriste escrutaba la faz de sus interlocutores. El candelabro les imprimía, desde abajo, inquietantes sombras.

—No me lo creo —concluyó—. Después de haberme traído aquí.

—Eso —zanjó el enmascarado— ya no es asunto nuestro.

Salieron llevándose el candelabro, y Diego Alatriste tuvo tiempo de ver la mirada terrible que el dominico le dirigió desde el umbral antes de meter las manos en las mangas del hábito y desaparecer como una sombra con su acompañante. De modo instintivo, el capitán llevó la mano a la empuñadura de la espada que no llevaba al cinto.

—¿Dónde está la trampa, voto a Dios?

Preguntó inútilmente, midiendo a largos pasos la habitación vacía. No hubo respuesta. Entonces vino a su memoria la cuchilla de matarife que llevaba en la caña de una bota. Se inclinó para sacarla de allí y la empuñó con firmeza, aguardando la acometida de los verdugos que, sin duda, iban a caer acto seguido sobre él. Pero no vino nadie. Todos se habían ido y estaba inexplicablemente solo, en la habitación iluminada por el rectángulo de claridad de luna que entraba por la ventana.


No sé cuánto tiempo aguardé afuera, fundido con la oscuridad e inmóvil tras el guardacantón de la esquina. Abrazaba el atado con la capa y las armas del capitán para quitarme un poco el frío —había ido tras el coche de Martín Saldaña y sus corchetes con sólo mi jubón y unas calzas—, y de ese modo estuve mucho rato, apretando los dientes para que no castañetearan. Al cabo, viendo que ni el capitán ni nadie salían de la casa, empecé a preocuparme. No podía creer que Saldaña hubiera asesinado a mi amo, pero en aquella ciudad y en aquel tiempo todo era posible. La idea me inquietó en serio. Cuando me fijaba bien, por una de las ventanas parecía asomar un resquicio de luz, como si alguien estuviese dentro con una lámpara; pero desde mi posición resultaba imposible comprobarlo. Así que decidí acercarme con cuidado, a echar un vistazo.

Iba a hacer la descubierta cuando, por una de esas inspiraciones a las que a veces debemos la vida, advertí un movimiento algo más lejos, en el zaguán de una casa vecina. Fue apenas un instante; pero cierta sombra se había movido como se mueven las sombras de las cosas inanimadas cuando dejan de serlo. Así que, sobrecogido, reprimí mi impaciencia y permanecí en vilo, sin quitar ojo. Al cabo de un rato movióse de nuevo, y en ese momento llegó hasta mí, del otro lado de la pequeña plaza, un silbido suave parecido a una señal; una musiquilla que sonaba tirurí-ta-ta. Y oírla me heló la sangre en las venas.

Eran al menos dos, decidí al cabo de un rato de escudriñar las tinieblas que llenaban el Portillo de las Ánimas. Uno, escondido en el zaguán más cercano, era la sombra que había visto moverse al principio. El otro, que había silbado, se encontraba más lejos, cubriendo el ángulo de la plaza que daba a la tapia del matadero. El lugar tenía tres salidas, así que durante un rato me apliqué a vigilar la tercera; y por fin, cuando una nube descubrió la media luna turca que había sobre la noche, alcancé a divisar, en su contraluz, un tercer bulto oscuro apostado en esa esquina.

El negocio estaba claro y aparentaba mal cariz; mas yo no tenía medio de recorrer los treinta pasos que distaba la casa sin que me vieran. Cavilando en ello, deshice cauto el fardo de la capa y puse sobre mis rodillas una de las pistolas. Su uso estaba prohibido por pragmáticas del rey nuestro señor, y bien conocía que, de hallármelas la justicia, podía dar con mis jóvenes huesos en galeras sin que los pocos años excusaran el lance. Pero, a fe de vascongado, en aquel momento se me daba un ardite. Así que, como tantas veces había visto hacer al capitán, comprobé a tientas que la piedra de chispa estaba en su sitio y eché hacia atrás, procurando ahogar su chasquido con la capa, la llave para montar el perrillo que la disparaba. Después me la puse entre el jubón y la camisa, monté la segunda y estuve con ella en la mano, teniendo la espada en la otra. La capa, desembarazada por fin, la puse sobre mis hombros. De ese modo volví a quedarme quieto, aguardando.

No fue mucho tiempo más. Una luz brilló en el enorme zaguán de la casa, apagándose luego, y un carruaje pequeño asomó por una de las salidas de la plazuela. Junto a él se destacó una silueta negra que se aproximó al zaguán, y durante un brevísimo instante conferenció allí con otras dos sombras que acababan de aparecer. Después la silueta negra regresó a su esquina, las sombras subieron al carruaje, y éste pasó con sus mulas negras y la presencia fúnebre de un cochero en el pescante, casi rozándome, antes de alejarse en la oscuridad.

No tuve holgura para reflexionar sobre el misterioso carruaje. Aún sonaba el eco de los cascos de las mulas, cuando en el lugar donde estaba apostada la silueta negra sonó un nuevo silbido, otra vez aquel tirurí-ta-ta, y de la sombra más cercana llegóme el sonido inconfundible de una espada saliendo despacio de su vaina. Rogué desesperadamente a Dios que apartase otra vez las nubes que cubrían la luna, y me permitiera ver mejor. Pero una cosa piensa el bayo y otra el que lo ensilla; nuestro Sumo Hacedor debía de andar ocupándose en otros menesteres, pues las nubes siguieron en su sitio. Empecé a perder la cabeza, y todo me daba vueltas. De modo que dejé caer la capa y me puse en pie, intentando alcanzar mejor lo que estaba a punto de ocurrir. Entonces la silueta del capitán Alatriste apareció en el zaguán.

A partir de ahí todo discurrió con extraordinaria rapidez. La sombra que estaba más cerca de mí se destacó de su resguardo, moviéndose hacia Diego Alatriste casi al mismo tiempo que yo. Contuve el aliento mientras daba hacia ella, inadvertida de mi presencia, uno, dos, tres pasos. En ese momento Dios quiso parar mientes en mí, y apartó la nube; y pude distinguir bien, a la escasa luz de la luna turca, la espalda de un hombre fornido que avanzaba con el acero desnudo en la mano. Y por el rabillo del ojo vi a otros dos que se movían desde las esquinas de la plaza. Y mientras, con la espada del capitán en la zurda, alzaba la diestra armada con la pistola, vi también que Diego Alatriste se había detenido en mitad de la plazuela y en su mano brillaba el pequeño destello metálico de su inútil cuchilla de matarife. Entonces di dos pasos más, y ya tenía prácticamente apoyado el cañón de la pistola en la espalda del hombre que caminaba delante, cuando éste sintió mis pasos y giró en redondo. Y tuve tiempo de ver su rostro cuando apreté el gatillo y salió el pistoletazo, y el resplandor del tiro le iluminó la cara desencajada por la sorpresa. Y el estruendo de la pólvora atronó el Portillo de las Ánimas.

El resto fue aún más rápido. Grité, o creí hacerlo, en parte para alertar al capitán, en parte por el terrible dolor del retroceso del arma, que casi me descoyunta el brazo. Pero el capitán estaba apercibido de sobra por el tiro, y cuando le arrojé su espada por encima del hombre que estaba ante mí —o por encima del lugar donde había estado el hombre que antes se hallaba ante mí—, ya saltaba hacia ella, apartándose para evitar que lo lastimara, y empuñóla apenas tocó el suelo. Entonces la luna volvió a ocultarse tras una nube, yo dejé caer la pistola descargada, saqué del jubón la otra y, vuelto hacia las dos sombras que cerraban sobre el capitán, apunté, sosteniendo el arma con ambas manos. Pero me temblaban tanto que el segundo tiro salió a ciegas, perdiéndose en el vacío, mientras el retroceso me empujaba de espaldas al suelo. Y al caer, deslumbrado por el fogonazo, vi durante un segundo a dos hombres con espadas y dagas; y al capitán Alatriste que les tiraba estocadas, batiéndose como un demonio.

Diego Alatriste los había visto acercarse un momento antes del primer pistoletazo. Cierto es que apenas salió a la calle aguardaba algo como aquello, y conocía lo vano del intento por vender cara su piel con la ridícula cuchilla. El fogonazo del arma lo desconcertó tanto como a los otros, y en un primer momento creyó ser objeto de éste. Luego oyó mi grito, y todavía sin comprender cómo diablos andaba yo a tan menguada hora en aquel paraje, vio venir su espada por el aire como caída del cielo. En un abrir y cerrar de ojos se había hecho con ella, justo a tiempo de enfrentarse a los aceros que lo requerían con saña. Fue el resplandor del segundo disparo el que le permitió hacerse idea de la situación, una vez la bala pasó zurreando orejas entre sus atacantes y él; y pudo así afirmarse contra ellos, conociendo que uno lo acosaba desde la zurda y otro por el frente, en un ángulo aproximado de noventa grados, de modo que el que tenía ante sí obraba para fijarlo en esa postura, mientras el segundo aprovechaba para intentar largarle una cuchillada mortal hacia el costado izquierdo o el vientre. Se había visto en situación parecida otras veces, y no era fácil batirse contra uno, cubriéndose del otro con sólo la mano izquierda armada de la corta cuchilla. Su destreza consistió en girar cada vez bruscamente a diestra y siniestra para ofrecerles menos espacio, aunque el cuidado lo obligaba a hacerlo más a la izquierda que a la derecha. Seguían ellos apretándole a cada movimiento, de modo que a la docena de fintas y estocadas ya habían descrito un círculo completo a su alrededor. Dos cuchilladas de través resbalaron sobre el coleto de piel de búfalo. El cling clang de las toledanas resonaba a lo largo y ancho de la plazuela, y no dudo que, de ser lugar más habitado, entre ellas y mis pistoletazos habrían llenado las ventanas de gente. Entonces, la suerte, que como fortuna de armas socorre a quien se mantiene lúcido y firme, vino en auxilio de Diego Alatriste; pues quiso Dios que una de sus estocadas entrase por los gavilanes de la guarda hasta los dedos o la muñeca de un adversario, quien al sentirse herido se retiró dos pasos con un por vida de. Para cuando se rehízo, Alatriste ya había lanzado tres mandobles como tres relámpagos sobre el otro contrario, a quien la violencia del asalto hizo perder pie y retroceder a su vez. Aquello bastó al capitán para afirmarse de nuevo con serenidad, y cuando el tocado en la mano acudió de nuevo, el capitán soltó la cuchilla de la zurda, se protegió la cara con la palma abierta, y lanzándose a fondo le metió una buena cuarta de acero en el pecho. El impulso del otro hizo el resto, y él mismo se pasó de parte a parte mientras soltaba el arma con un ¡Jesús! y ésta sonaba, metálica, en el suelo a espaldas del capitán.

El segundo espadachín, que ya acudía, se detuvo en seco. Alatriste tiró hacia atrás para sacar la espada clavada en el primero, que cayó como un fardo, y se encaró con su último enemigo, intentando recobrar el aliento. Las nubes se habían apartado lo suficiente para, al claro de luna, reconocer al italiano.

—Ya estamos parejos —dijo el capitán, entrecortado el resuello.

—Que me place —repuso el otro, reluciente en su cara el destello blanco de una sonrisa. Y aún no había terminado de hablar cuando lanzó una estocada baja y rápida, tan vista y no vista como el ataque de un áspid. El capitán, que bien había estudiado al italiano cuando los dos ingleses, y la esperaba, hurtó el cuerpo, opuso la mano izquierda para eludirla, y el acero enemigo se deslizó en el vacío; aunque, al retroceder, sintió una cuchillada de daga en el dorso de la mano. Confiando en que el italiano no le hubiera cortado ningún tendón, cruzó el brazo derecho con el puño alto y la espada hacia abajo, apartando con un seco tintineo la espada que volvía a la carga en una segunda estocada, tan asombrosa y hábil como la primera. Retrocedió un paso el italiano y de nuevo quedaron quietos uno frente a otro, respirando ruidosamente. La fatiga empezaba a hacer mella en ambos. El capitán movió los dedos de la mano herida, comprobando aliviado que respondían: los tendones estaban intactos. Sentía la sangre gotear lenta y cálida, dedos abajo.

—¿Hay arreglo posible? —preguntó.

El otro estuvo un poco en silencio. Después movió la cabeza.

—No —dijo—. Fuisteis demasiado imprudente la otra noche.

Su voz opaca sonaba cansada, y el capitán imaginó que estaba tan harto de todo aquello como él mismo.

—¿Y ahora?

—Ahora es vuestra cabeza o la mía.

Sobrevino un nuevo silencio. El otro se movió un poco y Alatriste lo hizo también, sin relajar la guardia. Giraron muy despacio el uno ante el otro, midiéndose. Bajo el coleto de búfalo, el capitán notaba la camisa empapada en sudor.

—¿Puedo conocer vuestro nombre?

—No viene al caso.

—Lo ocultáis, pues, como un bellaco.

Sonó la risa áspera del italiano.

—Tal vez. Pero soy un bellaco vivo. Y vos estáis muerto, capitán Alatriste.

—No será esta noche.

El adversario pareció considerar la situación. Le dirigió un vistazo al cuerpo inerte del otro espadachín. Después miró hacia donde yo estaba, aún en el suelo, cerca del tercer esbirro que se removía débilmente en tierra. Debía de estar muy malherido por el pistoletazo, pues lo oíamos gemir en voz baja, pidiendo confesión.

—No —concluyó el italiano—. Creo que tenéis razón. Esta noche no me acomoda.

Dicho esto amagó el gesto de irse, y en el mismo movimiento hizo saltar en su mano izquierda la daga del puño a la hoja, lanzándola con rápida precisión contra el capitán, que la esquivó de milagro.

—Hideputa —masculló Alatriste.

—Voto a Dios —respondió el otro—. No esperaríais que os pidiera licencia.

Después de aquello estuvieron quietos otra vez durante un corto rato, observándose atentos. Al cabo el italiano hizo un pequeño movimiento, Alatriste respondió con otro, y todavía alzaron prudentes las espadas, rozándolas con un leve cling metálico, antes de abatirlas de nuevo.

—Por Belcebú —suspiró al fin roncamente el italiano— que no hay dos sin tres.

Y empezó a caminar hacia atrás sin perderle la cara al capitán, alejándose muy despacio, interpuesto el acero. Sólo al final, casi en la esquina, se decidió a volver la espalda.

—Por cierto —dijo cuando estaba a punto de desaparecer entre las sombras—. Mi nombre es Gualterio Malatesta, ¿lo oís?… Y soy de Palermo… ¡Quiero que lo recordéis bien cuando os mate!

El hombre malherido por el pistoletazo seguía pidiendo confesión. Tenía un gran destrozo en el hombro, y el hueso de la clavícula rota asomaba por la herida, astillado. Iba a tardar poco antes que el Diablo quedara bien servido. Diego Alatriste le echó un vistazo rápido, indiferente, registró su faltriquera como había hecho antes con el muerto, y luego vino hasta mí, arrodillándose a mi lado. No dio las gracias, ni dijo nada de todo lo que se supone debería decir alguien cuando un muchacho de trece años le ha salvado la vida. Sólo preguntó si estaba bien; y cuando respondí que sí, colocóse la espada bajo un brazo y, pasando el otro bajo mis hombros, me ayudó a incorporar. Al hacerlo, el mostacho rozó un instante mi cara, y vi que sus ojos, más claros que nunca a la luz de la luna, me observaban con extraña fijeza, cual si me conociesen por primera vez.

Gimió de nuevo el moribundo, tornando a pedir confesión. Volvióse un instante el capitán, y lo vi reflexionar.

Llégate a San Andrés —dijo al cabo— y busca a un cura para ese desgraciado.

Lo miré indeciso, pareciéndome adivinar en su rostro una mueca malhumorada y amarga.

—Se llama Ordóñez —añadió—. Lo conozco de Flandes.

Después cogió del suelo las pistolas y echó a andar. Antes de cumplir su orden, fui hasta el guardacantón en busca de la capa, y luego corrí tras él y se la di. La terció sobre el hombro mientras alzaba una mano para tocarme levemente una mejilla, con un roce de afecto desusado en él. Y me seguía mirando como antes, cuando había preguntado si estaba bien. Y yo, entre avergonzado y orgulloso, sentí, en la cara, deslizarse una gota de sangre de su mano herida.

# Capítulo IX

## LAS GRADAS DE SAN FELIPE

Después de aquella noche toledana hubo unos días de calma. Pero como Diego Alatriste seguía empeñado en no salir de la ciudad ni esconderse, vivíamos en perpetua vigilia, cual si estuviéramos en campaña. Mantenerse vivo, descubrí durante esos días, da muchas más fatigas que dejarse morir, y requiere los cinco sentidos. El capitán dormía más de día que de noche, y al menor ruido, un gato en el tejado o un peldaño de madera que crujiese en la escalera, yo me despertaba en mi cama para verlo en camisa, incorporado en la suya con la vizcaína o una pistola en la mano. Tras la escaramuza del Portillo de las Ánimas había intentado mandarme una temporada de vuelta con mi madre, o a casa de algún amigo; pero dije que no pensaba abandonar el campo, que su suerte era la mía, y que si yo había sido capaz de dar dos pistoletazos, igual podía dar otros veinte, si se terciaba. Estado de ánimo que reforcé expresando mi decisión de fugarme, fuera cual fuese el lugar a donde me enviara. Desconozco si Alatriste apreció mi decisión o no lo hizo, pues ya he contado que no era hombre aficionado a expresar sus sentimientos. Pero logré, al menos, que se encogiera de hombros y no volviera a plantear el asunto. Por cierto que al día siguiente encontré sobre mi almohada una buena daga, recién comprada en la calle de los Espaderos: mango damasquinado, cruz de acero y una cuarta larga de hoja de buen temple, fina y con doble filo. Una daga de esas que nuestros abuelos llamaban *de misericordia*, pues con ellas solía rematarse, introduciéndolas por resquicios de la armadura o la celada, a los caballeros caídos en tierra durante un combate. Aquel arma blanca fue la primera que poseí en mi vida; y la conservé con mucho aprecio durante veinte años hasta que un día, en Rocroi, tuve que dejarla clavada entre las junturas del coselete de un francés. Que no es, por cierto, mal fin para una buena daga como ésa.

Mientras nosotros dormíamos con un ojo abierto y recelábamos hasta de nuestras sombras, Madrid ardía en fiestas con la venida del príncipe de Gales, acontecimiento que ya era oficial. Siguieron días de cabalgatas, saraos en el real Alcázar, banquetes, recepciones, máscaras, y una fiesta de toros y cañas en la Plaza Mayor que recuerdo como uno de los espectáculos más lucidos que en su género conoció el Madrid de los Austrias, con los mejores caballeros de la Corte —entre ellos nuestro joven rey—, corriendo cañas y alanceando toros de Jarama en un alarde de apostura y valor. Ésta de los toros era, como lo sigue siendo hoy en día, fiesta favorita del pueblo de Madrid y de no pocos lugares de España; y el propio rey y nuestra bella reina Isabel, aunque hija del gran Enrique IV el Bearnés y por tanto francesa, salían muy aficionados. Mi señor el Cuarto Felipe, cual resulta sabido, era galán jinete y buen tirador, aficionado a la caza y a los caballos —una vez perdió uno matando en una sola jornada tres jabalíes con su propia mano—, y así lo inmortalizó en sus lienzos don Diego Velázquez, igual que en verso hiciéronlo muchos autores y poetas, como Lope, don Francisco de Quevedo, o don Pedro Calderón de la Barca en aquella comedia célebre, *La banda y la flor*:

> *¿Diré qué galán bridón,*
> *calzadas botas y espuelas,*
> *airoso el brazo, la mano*
> *baja, ajustada la rienda,*
> *terciada la capa, el cuerpo*
> *igual y la vista atenta*
> *paseó galán las calles*
> *al estribo de la reina?*

Ya he dicho en alguna parte que a sus dieciocho o veinte años nuestro buen rey era, y lo fue durante mucho tiempo, simpático, mujeriego, gallardo y querido por su pueblo: ese buen y desgraciado pueblo español que siempre consideró a sus reyes los más justos y magnánimos de la tierra, incluso a pesar de que su poderío declinaba, que el reinado del anterior rey don Felipe III había sido breve pero funesto en manos de un favorito incompetente y venal, y también pese a que nuestro joven monarca, cumplido caballero pero abúlico e incapaz para los negocios de gobierno, estaba a merced de los aciertos y errores —y hubo más de los segundos que de los primeros— del conde y más tarde duque de Olivares.

Mucho ha cambiado desde entonces el pueblo español, o lo que de él queda como tal. Al orgullo y la admiración por sus reyes siguió el menosprecio; al entusiasmo, la acerba crítica; a los sueños de grandeza, la depresión más profunda y el pesimismo general. Recuerdo bien, y creo sucedió durante la fiesta de toros del príncipe de Gales o en alguna posterior, que uno de los animales, por su bravura, no podía ser desjarretado ni reducido; y nadie, ni siquiera las guardias española, borgoñona y tudesca que guarnecían el recinto, osaba acercarse a él. Entonces, desde el balcón de la Casa de la Panadería, nuestro rey don Felipe, con tranquilo continente, pidió un arcabuz a uno de los guardias, y sin perder la mesura real ni alterar el semblante con ademanes, lo tomó galán, bajó a la plaza, compuso la capa con brío, requirió el sombrero con despejo, e hizo la puntería de modo que encarar el arma, salir el disparo y morir el toro fue todo uno. El entusiasmo del público se desbordó en aplausos y vítores, y se habló de aquello durante meses, tanto en prosa como en verso: Calderón, Hurtado de Mendoza, Alarcón, Vélez de Guevara, Rojas, Saavedra Fajardo, el propio don Francisco de Quevedo y todos los que en la Corte eran capaces de mojar una pluma, invocaron a las musas para inmortalizar el lance y adular al monarca, comparándolo ora con Júpiter fulminando el rayo, ora con Teseo matando al toro de Maratón. Recuerdo que el celebrado soneto de don Francisco empezaba diciendo:

*En dar al robador de Europa muerte*
*de quien eres señor, monarca ibero…*

Y hasta el gran Lope escribió, dirigiéndose al cornúpeta liquidado por la mano regia:

*Dichosa y desdichada fue tu suerte,*
*pues, como no te dio razón la vida,*
*no sabes lo que debes a tu muerte.*

Y eso que Lope a tales alturas no necesitaba darle jabón a nadie. Para que vean vuestras mercedes lo que son las cosas, y lo que somos España y los españoles, y cómo aquí se abusó siempre de nuestras buenas gentes, y lo fácil que es ganarlas por su impulso generoso, empujándonos al abismo por maldad o por incompetencia, cuando siempre merecimos mejor suerte. Si Felipe IV se hubiera puesto al frente de los viejos y gloriosos tercios y hubiera recobrado Holanda, vencido a Luis XIII de Francia y a su ministro Richelieu, limpiado el Atlántico de piratas y el mediterráneo de turcos, invadido Inglaterra, izado la cruz de San Andrés en la Torre de Londres y en la Sublime Puerta, no habría despertado tanto entusiasmo entre sus súbditos como el hecho de matar un toro con personal donaire... ¡Cuán distinto de aquel otro Felipe Cuarto que yo mismo habría de escoltar treinta años después, viudo y con hijos muertos o enclenques y degenerados, en lenta comitiva a través de una España desierta, devastada por las guerras, el hambre y la miseria, tibiamente vitoreado por los pocos infelices campesinos que aún quedaban para acercarse al borde del camino! Enlutado, envejecido, cabizbajo, rumbo a la frontera del Bidasoa para consumar la humillación de entregar a su hija en matrimonio a un rey francés, y firmar así el acta de defunción de aquella infeliz España a la que había llevado al desastre, gastando el oro y la plata de América en festejos vanos, en enriquecer a funcionarios, clérigos, nobles y validos corruptos, y en llenar con tumbas de hombres valientes los campos de batalla de media Europa.

Pero de nada aprovecha adelantar años ni acontecimientos. El tiempo que relato aún estaba lejos de tan funesto futuro, y Madrid era todavía la capital de las Españas y del mundo. Aquellos días, como las semanas que siguieron y los meses que duró el noviazgo de nuestra infanta María con el príncipe de Gales, los pasó la Villa y Corte en festejos de toda suerte, con las más lindas damas y los más gentiles caballeros luciéndose con la familia real y su ilustre invitado en rúas de la calle Mayor y el Prado, o en elegantes paseos por los jardines del Alcázar, la fuente del Acero y los pinares de la Casa de Campo. Respetando, naturalmente, las reglas más estrictas de etiqueta y decoro entre los novios, a quienes no se dejaba solos ni un momento, y siempre —para desesperación del fogoso doncel— se veían vigilados por una nube de mayordomos y dueñas. Ajenos a la sorda lucha diplomática que se libraba en las cancillerías a favor o en contra del enlace, la nobleza y el pueblo de Madrid rivalizaban en homenaje al heredero de Inglaterra y al séquito de compatriotas que, poco a poco, fue reuniéndosele en la Corte. Decíase en los mentideros de la ciudad que la infanta estaba en trance de aprender la parla inglesa; e incluso que el propio Carlos estudiaba con teólogos la doctrina católica, a fin de abrazar la verdadera fe. Nada más lejos esto último de la realidad, como pudo comprobarse más tarde. Pero en el momento, y en tal clima de buena voluntad, esos rumores, amén de la apostura, comedimiento y buenas trazas del joven pretendiente, acrecentaron su popularidad. Algo que más tarde animaría a disculpar los desplantes y caprichos de Buckingham, quien, según fue ganando confianza —acababa de ser nombrado duque por su rey Jacobo—, y tanto él como Carlos comprendieron que lo del matrimonio iba a ser arduo y para largo, desveló un antipático talante de joven favorito, malcriado y lleno de arrogancia frívola. Algo que a duras penas toleraban los graves hidalgos españoles, sobre todo en tres cuestiones que a la sazón eran sagradas: protocolo, religión y mujeres. A qué punto no llegaría con el tiempo Buckingham en sus desaires, que sólo la hospitalidad y buena crianza de nuestros gentileshombres evitó, en más de una ocasión, que algún guante cruzara la cara del inglés en respuesta a una insolencia, antes de resolver la cuestión del modo adecuado, con padrinos y a espada, en un amanecer cualquiera del Prado de los Jerónimos o la Puerta de la Vega. En cuanto al conde de Olivares, sus relaciones con Buckingham fueron de mal en peor tras los primeros días de obligada cortesía política, y eso tuvo a la larga, cuando se deshizo el compromiso, funestas consecuencias para los intereses de España. Ahora que han pasado los años me pregunto si no hubiera hecho mejor Diego Alatriste en agujerearle la piel al inglés aquella famosa noche, a pesar de sus escrúpulos, por muy gallardo que se hubiera mostrado el maldito hereje. Pero quién lo iba a decir. De todas formas ya le ajustaron las cuentas al amigo Villiers más tarde en su propia tierra; cuando un oficial puritano llamado Felton, dicen que incitado por una tal Milady de Winter, lo puso mirando a Triana dándole más puñaladas en las asaduras que oremus tiene un misal.

En fin. Esos pormenores se encuentran de sobra en los anales de la época. A ellos remito al lector interesado en más detalles, pues ya no guardan relación directa con lo que atañe al hilo de esta historia. Sólo diré, en lo concerniente al capitán Alatriste y a mí, que ni participábamos en los festejos de la Corte, que no tuvo a bien invitarnos, ni maldita la gana, aunque alguien lo hubiese hecho. Los días siguientes al lance del Portillo de las Ánimas transcurrieron como ya dije sin sobresaltos, sin duda porque quienes movían los hilos andaban harto ocupados con las idas y venidas públicas de Carlos de Gales como para resolver pequeños detalles —y al hablar de pequeños detalles me refiero a nosotros—; pero éramos conscientes de que tarde o temprano recibiríamos la factura, y ésta no sería parva. A fin de cuentas, por mucho que nuble, la sombra siempre termina despuntando cosida a los pies de uno. Y nadie puede escapar de su propia sombra.

Me he referido antes a los mentideros de la Corte, lugar de cita de los ociosos y centro de toda suerte de noticias, hablillas y murmuraciones que por Madrid

160

corrían. Los principales eran tres, y entre ellos —San Felipe, Losas de Palacio y Representantes— el de las gradas de la iglesia agustina de San Felipe, entre las calles de Correos, Mayor y Esparteros, era el más concurrido. Las gradas formaban la entrada de la iglesia, y por el desnivel con la calle Mayor quedaban elevadas sobre ésta, constituyendo por debajo una serie de pequeñas tiendas o covachuelas donde se vendían juguetes, guitarras y baratijas, y por encima una vasta azotea a la intemperie, cubierta de losas de piedra, en forma de alto paseo protegido con barandillas. Desde aquella especie de palco podía verse pasar gente y carruajes, y también pasear y departir de corro en corro. San Felipe era el sitio más animado, bullicioso y popular de Madrid; su proximidad al edificio de la Estafeta de los correos reales, donde se recibían las cartas y noticias del resto de España y de todo el mundo, así como la circunstancia de dominar la vía principal de la ciudad, lo convertían en vasta tertulia pública donde se cruzaban opiniones y chismes, fanfarroneaban los soldados, chismorreaban los clérigos, se afanaban los ladrones de bolsas y lucían su ingenio los poetas. Lope, don Francisco de Quevedo y el mejicano Alarcón, entre otros, frecuentaban el mentidero. Cualquier noticia, rumor, embuste allí lanzado, rodaba como una bola hasta multiplicarse por mil, y nada escapaba a las lenguas que de todo conocían, vistiendo de limpio desde el rey al último villano. Muchos años después todavía citaba ese lugar Agustín Moreto, cuando en una de sus comedias hizo decir a un paisano y a un bizarro militar:

161

> —¡Que no sepáis salir de aquestas gradas!
> —Amigo, aquí se ven los camaradas.
> Estas losas me tienen hechizado;
> que en todo el mundo tierra no he encontrado
> tan fértil de mentiras.

Y hasta el gran don Miguel de Cervantes, que Dios tenga en lo mejor de su gloria, había dejado escrito en su *Viaje al Parnaso*:

> Adiós, de San Felipe el gran paseo,
> donde si baja el turco o sube el galgo,
> como en gaceta de Venecia leo.

Lo que cito a vuestras mercedes para que vean hasta qué punto era el lugar famoso. Discutíanse en sus corrillos los asuntos de Flandes, Italia y las Indias con la gravedad de un Consejo de Castilla, repetíanse chistes y epigramas, se cubría de fango la honra de las damas, las actrices y los maridos cornudos, se dedicaban pullas sangrientas al conde de Olivares, narrábanse en voz baja las aventuras galantes del rey... Era, en fin, lugar amenísimo y chispeante, fuente de ingenio, novedad y maledicencia, que se congregaba cada mañana en torno a las once; hasta que el tañido de la campana de la iglesia, tocando una hora más tarde al ángelus, hacía que la multitud se quitase los sombreros y se dispersara luego, dejando el campo a los mendigos, estudiantes pobres, mujerzuelas y desharrapados que aguardaban allí la sopa boba de los agustinos. Las gradas volvían a animarse por la tarde, a la hora de la rúa en la calle

Mayor, para ver pasar a las damas en sus carrozas, a las mujeres equívocas que se las daban de señoras, o a las pupilas de las mancebías cercanas —había, por cierto, una muy notoria justo al otro lado de la calle—: motivo todas ellas de conversación, requiebros y chanzas. Duraba esto hasta el toque de oración de la tarde, cuando, tras rezar sombrero en mano, de nuevo se dispersaban hasta el día siguiente, cada uno a su casa y Dios a la de todos.

He dicho más arriba que don Francisco de Quevedo frecuentaba las gradas de San Felipe; y en muchos de sus paseos se hacía acompañar por amigos como el Licenciado Calzas, Juan Vicuña o el capitán Alatriste. Su afición a mi amo obedecía, entre otros, a un aspecto práctico: el poeta andaba siempre en querellas de celos y pullas con varios de sus colegas rivales, cosa muy de la época de entonces y muy de todas las épocas en este país nuestro de caínes, zancadillas y envidias, donde la palabra ofende y mata tanto o más que la espada. Algunos, como Luis de Góngora o Juan Ruiz de Alarcón, se la tenían jurada, y no sólo por escrito. Decía, por ejemplo, Góngora de don Francisco de Quevedo:

> *Musa que sopla y no inspira,*
> *y sabe por lo traidor*
> *poner los dedos mejor*
> *en mi bolsa que en su lira.*

Y al día siguiente, viceversa. Porque entonces contraatacaba don Francisco con su más gruesa artillería:

> *Esta cima del vicio y del insulto;*
> *éste en quien hoy los pedos son sirenas.*
> *Éste es el culo, en Góngora y en culto,*
> *que un bujarrón le conociera apenas.*

O se despachaba con aquellos otros versos, tan celebrados por feroces, que corrieron de punta a punta la ciudad, poniendo a Góngora como sotana de dómine:

> *Hombre en quien la limpieza fue tan poca,*
> *no tocando a su cepa,*
> *que nunca, que yo sepa,*
> *se le cayó la mierda de la boca.*

Lindezas que el implacable don Francisco hacía también extensivas al pobre Ruiz de Alarcón, con cuya desgracia física —una corcova, o joroba— gustaba de ensañarse con despiadado ingenio:

> *¿Quién tiene con lamparones*
> *pecho, lado y espaldilla?*
> *Corcovilla.*

Tales versos circulaban anónimos, en teoría; pero todo el mundo sabía perfectamente quién los fabricaba con la peor intención del mundo. Por supuesto, los otros no se quedaban cortos; y menudeaban los sonetos, y las décimas, y leerlos en los mentideros y afilar su talento don Francisco atacando y contraatacando con pluma mojada en su más corrosiva hiel, era todo uno. Y si no se trataba de Góngora o de Alarcón podía tratarse de cualquiera; pues los días en que el poeta se levantaba con ganas, hacía fuego con bala rasa contra cuanto se movía:

*Cornudo eres, Fulano, hasta los codos,*
*y puedes rastrillar con las dos sienes;*
*tan largos cuernos y tendidos tienes,*
*que si no los enfaldas, harás lodos.*

Y cosas así. De modo que, aun siendo bravo y diestro con la espada, llevar al lado a un hombre como Diego Alatriste a la hora de pasear entre eventuales adversarios siempre resultaba tranquilizador para el malhumorado poeta. Precisamente el citado Fulano del soneto —o alguien que se vio retratado como tal, porque en aquel Madrid de Dios andaban los cornudos de dos en dos— acudió a pedir explicaciones a las gradas de San Felipe, escoltado por un amigo, cierta mañana que don Francisco paseaba con el capitán Alatriste. El asunto se resolvió al caer la noche con un poco de acero tras la tapia de los Recoletos, de modo que tanto el presunto cornudo como el amigo, una vez sanaron de las respectivas mojadas recibidas a escote, se dedicaron a leer prosa y no volvieron a encarar un soneto durante el resto de sus vidas.

Aquella mañana, en las gradas de San Felipe, el tema de conversación general eran el príncipe de Gales y la infanta; alternándose las hablillas cortesanas con noticias de la guerra que se reavivaba en Flandes. Recuerdo que hacía sol, y el cielo era muy azul y muy limpio sobre los tejados de las casas cercanas, y el mentidero bullía de gente. El capitán Alatriste, que seguía mostrándose en público sin miedo aparente a las consecuencias —la mano, vendada tras el lance del Portillo de las Ánimas, estaba fuera de peligro—, vestía polainas, calzas grises y jubón oscuro cerrado hasta el cuello; y aunque la mañana era tibia, llevaba sobre los hombros la capa para cubrir la culata de una pistola que cargaba en la parte posterior del cinto, junto a la daga y la espada. Al contrario que la mayor parte de los soldados veteranos de la época, Diego Alatriste era poco amigo de usar prendas o adornos de color, y la única nota llamativa en su indumento era la pluma roja que le adornaba la toquilla del chapeo de anchas alas. Aun así, su aspecto contrastaba con la oscura sobriedad del traje negro de don Francisco de Quevedo, sólo desmentida por la cruz de Santiago cosida al pecho, bajo la capa corta, también negra, que llamábamos herreruelo. Me habían permitido acompañarlos, pues acababa de hacer unos recados para ellos en la Estafeta, y componían el resto del grupo el Licenciado Calzas, Vicuña, el Dómine Pérez y algunos conocidos, departiendo junto a la barandilla de las gradas que daba sobre la calle Mayor. Se comentaba la última impertinencia de Buckingham, quien, se decía de buena tinta, osaba galantear a la esposa del conde de Olivares.

—La pérfida Albión —apuntaba el Licenciado Calzas, que no podía tragar a los ingleses desde que años atrás, viniendo de las Indias, había estado a punto de ser apresado por Walter Raleigh, un corsario que les desarboló un palo y mató quince hombres.

—Mano dura —sugería Vicuña, cerrando el único puño que le quedaba—. Esos herejes sólo entienden que se les asiente bien la mano dura... ¡Así agradecen la hospitalidad del rey nuestro señor!

Asentían circunspectos los contertulios, entre ellos dos presuntos veteranos de fieros bigotes que no habían oído un arcabuzazo en su vida, dos o tres ociosos, un estudiante de Salamanca de capa raída, alto y con cara de hambre llamado Juan Manuel de Parada, o de Pradas, un pintor joven recién llegado a la Corte y recomendado a don Francisco por su amigo Juan de Fonseca, y un zapatero remendón de la calle Montera llamado Tabarca, conocido por ejercer la jefatura de los llamados *mosqueteros:* la chusma teatral o público bajo que seguía las comedias en pie, aplaudiéndolas o silbándolas, y decidía de ese modo su éxito o fracaso. Aunque villano y analfabeto, el tal Tabarca resultaba hombre grave, temible, que se las daba de entendido, cristiano viejo e hidalgo venido a menos —como casi todo el mundo— y era, debido a su influencia entre la gentuza de los corrales, halagado por los autores que buscaban darse a conocer en la Corte, e incluso por algunos que ya lo eran.

—De todos modos —terciaba Calzas, con guiño cínico—. Dicen que la legítima del valido no hace ascos a la hora de tomar varas. Y Buckingham es buen mozo.

Se escandalizaba el Dómine Pérez:

—¡Por Dios, señor Licenciado!... Repórtese vuestra merced. Conozco a su confesor, y puedo asegurar que la señora doña Inés de Zúñiga es mujer piadosa, y una santa.

—Y entre santa y santa —repuso Calzas, procaz— a Su Majestad se la levantan.

167

Reía, atravesado y guasón, viendo al Dómine hacerse cruces mientras echaba miradas temerosas de soslayo. Por su parte, el capitán Alatriste le dirigía fieras ojeadas de censura por hablar con semejante desahogo en mi presencia, y el pintor joven, un sevillano de veintitrés o veinticuatro años, simpático, con mucho acento, llamado Diego de Silva, nos observaba a unos y otros como preguntándose dónde se había metido.

—Con permiso de vuestras mercedes… —empezó a decir, tímido, levantando un dedo índice manchado de pintura al óleo.

Pero nadie le hizo mucho caso. A pesar de la recomendación de su amigo Fonseca, don Francisco de Quevedo no olvidaba que el joven pintor había ejecutado nada más llegar a Madrid un retrato de Luis de Góngora, y aunque no tenía nada contra el mozo, procuraba hacerle purgar semejante pecado con unos pocos días de ninguneo. Aunque la verdad es que muy pronto Don Francisco y el joven sevillano se hicieron asiduos, y el mejor retrato que se conserva del poeta es, precisamente, el que hizo después aquel mismo joven. Que con el tiempo también fue muy amigo de Diego Alatriste y mío, cuando ya era más conocido por el apellido de su madre: Velázquez.

En fin. Les contaba que, tras el infructuoso intento del pintor por intervenir en la conversación, alguien mencionó la cuestión del Palatinado, y todos se enzarzaron en una animada discusión sobre la política española en Centroeuropa, donde el zapatero Tabarca echó su sota de espadas con todo el aplomo del mundo, opinando sobre el duque Maximiliano de Baviera, el Elector Palatino y el Papa de Roma, quienes tenía por probado se entendían bajo cuerda. Terció uno de los presuntos miles gloriosus, que aseguraba poseer noticias frescas sobre el asunto, suministradas por un cuñado suyo que servía en Palacio; y la conversación quedó interrumpida cuando todos, salvo el Dómine, se inclinaron sobre la barandilla para saludar a unas damas que pasaban en coche descubierto, sentadas entre faldas, brocados y guardainfantes, camino de las platerías de la Puerta de Guadalajara. Eran tusonas, o sea, rameras de lujo. Pero en la España de los Austrias, hasta las putas se daban aires.

Cubriéronse todos de nuevo y prosiguió la charla. Don Francisco de Quevedo, que prestaba poca atención, se acercó un poco a Diego Alatriste y, con un gesto de la barbilla, señaló a dos individuos que se mantenían a distancia, entre la gente.

—¿Os siguen a vos, capitán? —preguntó en voz baja, con aire de hablar de otra cosa—. ¿O me siguen a mí?

Alatriste echó un discreto vistazo a la pareja. Tenían aspecto de corchetes, o de gente a sueldo. Al sentirse observados volvieron ligeramente la espalda, con disimulo.

—Yo diría que a mí, don Francisco. Pero con vuestra merced y con sus versos, nunca se sabe.

El poeta miró a mi amo con el ceño fruncido.

—Supongamos que se trate de vuestra merced. ¿Es grave?

—Puede serlo.

—Voto a tal. En ese caso no queda sino batirse… ¿Necesitáis ayuda?

—No, por el momento —el capitán miraba a los espadachines con los párpados un poco entornados, como si pretendiera grabarse sus caras en la memoria—…

Además, bastantes enojos tiene ya vuestra persona para cargar con los míos.

Don Francisco estuvo unos instantes callado. Luego se retorció el mostacho y, tras ajustarse los anteojos, dirigió abiertamente a los dos fulanos una mirada resuelta y furiosa.

—De cualquier modo —concluyó—, si hay lance, dos a dos resulta cifra pareja. Podéis contar conmigo.

—Lo sé —dijo Alatriste.

—Zis, zas, sus y a ellos —el poeta apoyaba la mano en el pomo de su espada, que le alzaba por detrás el herreruelo—. Os debo eso y más. Y mi maestro no es precisamente Pacheco.

El capitán compartió su maliciosa sonrisa. Luis Pacheco de Narváez era el más reputado maestro de esgrima de Madrid, habiendo llegado a serlo del rey nuestro señor. Había escrito varios tratados sobre la destreza de las armas, y hallándose en casa del presidente de Castilla hubo discusión entre él y don Francisco de Quevedo sobre algunos puntos y conclusiones; de resultas que, tomadas las espadas para una demostración amistosa, al primer asalto dióle don Francisco al maestro Pacheco en la cabeza, derribándole el sombrero. Desde entonces la enemiga entre ambos era mortal: el uno había denunciado al otro ante el tribunal de la Inquisición, y el otro había retratado al uno con escasa caridad en la *Vida del buscón llamado Pablos*; que aunque fue impresa dos o tres años más tarde, ya corría en copias manuscritas por todo Madrid.

—Ahí viene Lope —dijo alguien.

Todos se quitaron los sombreros cuando Lope, el gran Félix Lope de Vega Carpio, apareció caminando despacio entre los saludos de la gente que se apartaba para dejarle paso, y se detuvo unos instantes a departir con don Francisco de Quevedo, quien lo felicitó por la comedia que representaban al día siguiente en el corral del Príncipe: acontecimiento teatral al que Diego Alatriste había prometido llevarme, y yo iba a presenciar por primera vez en mi vida. Después, don Francisco hizo algunas presentaciones.

—El capitán don Diego Alatriste y Tenorio... Ya conoce vuestra merced a Juan Vicuña... Diego Silva... El jovencito es Íñigo Balboa, hijo de un militar caído en Flandes.

Al oír aquello, Lope me tocó un momento la cabeza con espontáneo gesto de simpatía. Fue la primera vez que lo vi, aunque tendría después otras ocasiones; y recordaré siempre su continente sexagenario y grave, su digna figura clerical vestida de negro, el rostro enjuto con cabellos cortos, casi blancos, el bigote gris y la sonrisa cordial, algo ausente, como fatigada, que nos dedicó a todos antes de proseguir camino rodeado por muestras de respeto.

—No olvides a ese hombre ni este día —me dijo el capitán, dándome un afectuoso pescozón en el mismo sitio donde Lope me había tocado.

Y no lo olvidé nunca. Todavía hoy, tantos años después de aquello, me llevo la mano a la coronilla y siento allí el contacto de los dedos afectuosos del Fénix de los Ingenios. Ni él, ni don Francisco de Quevedo, ni Velázquez, ni el capitán Alatriste, ni la época miserable y magnífica que entonces conocí, existen ya. Pero queda, en las bibliotecas, en los libros, en los lienzos, en las iglesias, en los palacios, calles y plazas, la huella indeleble que aquellos hombres dejaron de su paso por la tierra. El recuerdo de la mano de Lope desaparecerá conmigo cuando yo muera, como también el acento andaluz de Diego de Silva, el sonido de las espuelas de oro de don Francisco al cojear, o la mirada glauca y serena del capitán Alatriste. Pero el eco de sus vidas singulares seguirá resonando mientras exista ese lugar impreciso, mezcla de pueblos, lenguas, historias, sangres y sueños traicionados: ese escenario maravilloso y trágico que llamamos España.

Tampoco he olvidado lo que ocurrió después. En ésas estábamos, cercana ya la hora del ángelus, cuando frente a las covachuelas que había al pie de San Felipe se detuvo una carroza negra que yo conocía bien. Estaba apoyado en la barandilla de las gradas, algo apartado, oyendo hablar a los mayores. Y la mirada que descubrí allá abajo, fija en mí, parecía reflejar el color del cielo que se abría sobre nuestras cabezas y los tejados pardos de Madrid, hasta el punto de que todo cuanto me rodeaba, salvo ese color, o ese cielo, o esa mirada, desapareció de mi vista. Era como una dulce agonía de azul y de luz, a la que resultaba imposible sustraerse. Si un día muero —pensé en ese mismo instante—, quiero morir así: sumergido en semejante color. Entonces me separé un poco más del grupo y fui bajando despacio las escaleras, sin apenas voluntad; como prisionero de un filtro hipnótico. Y por un instante, como relámpago de lucidez en medio de mi enajenación, mientras bajaba de San Felipe hacia la calle Mayor sentí que me seguían, desde miles de leguas de distancia, los ojos preocupados del capitán Alatriste.

# Capítulo X

# EL CORRAL DEL PRÍNCIPE

Caí en la trampa. O, para ser más exacto, cinco minutos de conversación bastaron para que ellos urdieran la trampa. Todavía hoy, tanto tiempo después, deseo imaginar que Angélica de Alquézar sólo era una mocita manejada por sus mayores; pero ni siquiera tras haberla conocido como más tarde la conocí puedo estar seguro. Siempre, hasta su muerte, intuí en ella algo que no se aprende de nadie: una maldad fría y sabia que en algunas mujeres está ahí, desde que son niñas. Incluso desde antes, quizás; desde hace siglos. Decidir quiénes son los auténticos responsables de todo eso ya es otra cuestión que llevaría largo rato discutir; y éste no es lugar ni oportunidad para ello. Podemos resumirlo diciendo, por ahora, que de las armas con que Dios y la naturaleza dotaron a la mujer para defenderse de la estupidez y la maldad de los hombres, Angélica de Alquézar estaba dotada en grado sumo.

Al día siguiente por la tarde, camino del corral del Príncipe, su recuerdo en la ventanilla de la carroza negra, bajo las gradas de San Felipe, me desazonaba como cuando durante una ejecución musical que parece perfecta descubres una nota o un movimiento inseguros, o falsos. Me había limitado a acercarme y cambiar unas palabras, fascinado por su cabello rubio en tirabuzones y su misteriosa sonrisa. Sin bajar de la carroza, mientras una dueña se ocupaba de comprar algunas cosas en las covachuelas y el cochero permanecía inmóvil junto a las mulas, sin molestarme —cosa que hubiera debido ponerme sobre aviso—, Angélica de Alquézar volvió a agradecer mi ayuda contra los golfillos de la calle Toledo, preguntó qué tal me iba con aquel capitán Batiste, o Triste, al que servía, y se interesó por mi vida y mis proyectos. Fanfarroneé un poco, lo confieso. Aquellos ojos muy azules y muy abiertos que parecían escuchar asombrados me alentaron a contar más de la cuenta. Hablé de Lope, a quien acababa de conocer arriba en las gradas, como de un viejo amigo. Y mencioné el propósito de asistir, con el capitán, a la representación de la comedia *El Arenal de Sevilla*, que tendría lugar en el corral del Príncipe al día siguiente. Charlamos un poco, le pregunté su nombre y, tras dudar un delicioso instante rozándose los labios con un diminuto abanico, me lo dijo. «Angélica viene de ángel», respondí, embelesado. Y ella me miró divertida, sin decir palabra, durante un rato tan largo que me sentí transportado a las puertas del Paraíso. Después vino el ama, reparó en mí el cochero, alejóse el carruaje, y quedé inmóvil entre la gente que iba y venía, con la sensación de haber sido arrancado, paf, de algún lugar maravilloso. Sólo de noche, al no conciliar el sueño pensando en ella, y al día siguiente camino del teatro, algunos de-

174

talles extraños de la situación —a ninguna jovencita de buena cuna se le permitía entonces charlar con mozalbetes casi desconocidos en mitad de la calle— empezaron a insinuar en mi ánimo la sensación de estar moviéndome al borde de algo peligroso y desconocido. Y llegué a preguntarme si aquello guardaría relación con los accidentados sucesos de unos días antes. De un modo u otro, cualquier vínculo de ese ángel rubio con los rufianes del Portillo de las Ánimas parecía descabellado. Y por otra parte, la perspectiva de asistir a la comedia de Lope restaba claridad a mi juicio. Así ciega Dios, dice el turco, a quien quiere perder.

Desde el monarca hasta el último villano, la España del Cuarto Felipe amó con locura el teatro. Las comedias tenían tres jornadas o actos, y eran todas en verso, con diferentes metros y rimas. Sus autores consagrados, como hemos visto al referirme a Lope, eran queridos y respetados por la gente; y la popularidad de actores y actrices era inmensa. Cada estreno o reposición de una obra famosa congregaba al pueblo y la corte, teniéndolos en suspenso, admirados, las casi tres horas que duraba cada representación; que en aquel tiempo solía desarrollarse a la luz del día, por la tarde después de comer, en locales al aire libre conocidos como corrales. Dos había en Madrid: el del Príncipe, también llamado de La Pacheca, y el de la Cruz. Lope gustaba de estrenar en este último, que era también el favorito del rey nuestro señor, amante del teatro como su esposa, la reina doña Isabel de

Borbón. Por más que el amor teatral de nuestro monarca, aficionado a lances juveniles, se extendiese también, clandestinamente, a las más bellas actrices del momento, como fue el caso de María Calderón, *la Calderona*, que llegó a darle un hijo, el segundo don Juan de Austria.

El caso es que aquella jornada se reponía en el Príncipe una celebrada comedia de Lope, *El Arenal de Sevilla*, y la expectación era enorme. Desde muy temprana hora caminaban hacia allí animados grupos de gente, y al mediodía se habían formado los primeros tumultos en la estrecha calle donde estaba la entrada del corral, frontera entonces al convento de Santa Ana. Cuando llegamos el capitán y yo, se nos habían unido ya por el camino Juan Vicuña y el Licenciado Calzas, también harto aficionados a Lope, y en la misma calle del Príncipe sumóse don Francisco de Quevedo. De ese modo anduvimos a la puerta del corral de comedias, donde resultaba difícil moverse entre el gentío. Todos los estamentos de la Villa y Corte estaban representados: desde la gente de calidad en los aposentos laterales con ventanas abiertas al recinto, hasta el público llano que atestaba las gradas laterales y el patio con filas de bancos de madera, la cazuela o gradas para las mujeres —ambos sexos estaban separados tanto en los corrales de comedias como en las iglesias—, y el espacio libre tras el degolladero, reservado a quienes seguían en pie la representación: los famosos mosqueteros, que por allí andaban con su jefe espiritual, el zapatero Tabarca; quien al cruzarse con nuestro grupo saludó grave, solemne, muy poseído de la importancia de su papel. A las dos de la tarde, la calle del Príncipe y las entradas al corral eran un hervidero de comerciantes, artesanos, pajes, estudiantes, clérigos, escribanos, soldados, lacayos, escuderos y rufianes que para la ocasión se vestían con capa, espada y puñal, llamándose todos caballeros y dispuestos a reñir por un lugar desde el que asistir a la representación. A ese ambiente bullicioso y fascinante se sumaban las mujeres que con revuelo de faldas, mantos y abanicos entraban a la cazuela, y eran allí asaeteadas por los ojos de cuanto galán se retorcía los bigotes en los aposentos y en el patio del recinto. También ellas reñían por los asientos, y a veces hubo de intervenir la autoridad para poner paz en el espacio que les era reservado. En suma, las pendencias por conseguir sitio o entrar sin previo pago, las discusiones entre quien había alquilado un asiento y quien se lo disputaba eran tan frecuentes, que llegábase a meter mano a los aceros por un quítame allá esas pajas, y las representaciones tenían que contar con la presencia de un alcalde de Casa y Corte asistido por alguaciles. Ni siquiera los nobles eran ajenos a ello: los duques de Feria y Rioseco, enfrentados por los favores de una actriz, habíanse acuchillado una vez en mitad de una comedia, so pretexto de unos asientos. El licenciado Luis Quiñones de Benavente, un toledano tímido y buena gente que fue conocido del capitán Alatriste y mío, describió en una de sus jácaras ese ambiente espeso donde menudeaban las estocadas:

*En el corral de comedias*
*lloviendo a la puerta están*
*mojadas y más mojadas*
*por colarse sin pagar.*

Singular carácter, el nuestro. Como alguien escribiría más tarde, afrontar peligros, batirse, desafiar a la autoridad, exponer la vida o la libertad, son cosas que se hicieron siempre en cualquier rincón del mundo por hambre, ambición, odio, lujuria, honor o patriotismo. Pero meter mano a la blanca y darse de cuchilladas por asistir a una representación teatral era algo reservado a aquella España de los Austrias que para lo bueno, que fue algo, y lo malo, que fue más, viví en mi juventud: la de las hazañas quijotescas y estériles, que cifró siempre su razón y su derecho en la orgullosa punta de una espada.

Nos llegamos, como dije, a la puerta del corral, sorteando los grupos de gente y los mendigos que acosaban a todos pidiendo limosna. Por supuesto que la mitad eran ciegos, cojos, mancos y tullidos fingidos, autoproclamados hidalgos con mala fortuna que no pedían por necesidad, sino por un accidente; y hasta debías excusarte con un cortés *dispense vuestra merced, que no llevo dineros* si no querías verte increpado con malos modos. Y es que hasta en su manera de pedir son diferentes los pueblos: los tudescos cantan en grupo, los franceses limosnean serviles con oraciones y jaculatorias, los portugueses con lamentaciones, los italianos con largas relaciones de sus desgracias y males, y los españoles con fueros y amenazas, respondones, insolentes y mal sufridos.

Pagamos un cuarto en la primera puerta, tres en la segunda para limosna de hospitales, y veinte maravedís para obtener asientos de banco. Por supuesto que nuestras localidades se hallaban ocupadas, aunque bien las pagamos; pero no queriendo andar en pendencias conmigo de por medio, el capitán, don Francisco y los otros decidieron que nos quedaríamos atrás, junto a los mosqueteros. Yo lo miraba todo con ojos tan abiertos como es de suponer, fascinado por el gentío, los vendedores de aloja y golosinas, el ruido de conversaciones, el revuelo de guardainfantes, faldas y basquiñas en la cazuela de las mujeres, las trazas elegantes de la gente de calidad asomada a las ventanas de los aposentos. Se decía que el rey en persona solía asistir desde allí, de incógnito, a representaciones que eran de su agrado. Y la presencia aquella tarde de algunos miembros de la guardia real en las escaleras, sin uniforme pero con apariencia de hallarse de servicio, podía indicar algo de eso. Acechábamos las ventanas, esperando descubrir allí a nuestro joven monarca, o a la reina; pero no reconocíamos a ninguno de ellos en los rostros aristocráticos que de vez en cuando se dejaban ver entre las celosías. A quien sí vimos fue al propio Lope, a quien el público rompió a aplaudir cuando apareció allá arriba. Vimos también al conde de Guadalmedina acompañado de unos amigos y unas damas, y Álvaro de la Marca respondió con una sonrisa cortés al saludo que el capitán Alatriste le dirigió desde abajo tocándose el ala del sombrero.

Unos amigos ofrecieron lugar junto a ellos, en un banco, a don Francisco de Quevedo, y éste se excusó con nosotros, yendo a sentarse allí. Juan Vicuña y el Licenciado Calzas estaban aparte, conversando sobre la obra que íbamos a ver, y que Calzas mucho había apreciado años antes, cuando el estreno. Por su parte, Diego Alatriste se mantenía a mi lado, haciéndome sitio junto a la viga del degolladero para que me pudiera mantener en primera fila de los mosqueteros y ver la representación sin estorbo. Había comprado obleas y barquillos que yo hacía crujir en mi boca, encantado, y tenía una mano puesta sobre mi hombro para evitar que me zarandearan los empujones. Y en un momento dado sentí que esa mano se ponía rígida, y luego se retiraba despacio hasta apoyarse en el pomo de la espada.

Seguí la dirección de sus ojos, cuya expresión se había endurecido, y entre la gente alcancé a distinguir a los dos hombres que el día anterior estuvieron rondando cerca de nosotros en las gradas de San Felipe. Ocupaban lugar entre los mosqueteros y me pareció verles cambiar un signo de inteligencia con otros dos que entraron por una de las puertas para situarse cerca. Su manera de llevar calado el sombrero y terciar la capa, los bigotes de guardamano y barbas de gancho, algún chirlo en la cara y la forma de pararse con las piernas abiertas y mirar a lo zaino, delataban sin duda a bravos de a tanto la cuchillada. De tales estaba lleno el corral, eso es cierto; pero aquellos cuatro parecían singularmente interesados en nosotros.

Sonaron los golpes que daban inicio a la comedia, gritaron *¡sombreros!* los mosqueteros, descubrióse todo el mundo, descorrieron la cortina, y mi atención voló sin remedio de los valentones a la escena, donde salían ya los personajes de doña Laura y Urbana, con mantos. Delante del telón de fondo, un pequeño bastidor de cartón pintado imitaba la Torre del Oro.

> —*Famoso está el Arenal.*
> —*¿Cuándo lo dejó de ser?*
> —*No tiene, a mi parecer,*
> *todo el mundo vista igual.*

Todavía hoy me conmuevo al recordar aquellos versos, primeros que oí en mi vida sobre el escenario de un corral de comedias; y más porque la actriz que encarnaba a doña Laura, la bellísima María de Castro, había de ocupar más tarde cierto espacio en la vida del capitán Alatriste y en la mía. Pero aquel día, en el corral del Príncipe, la de Castro no era para mí sino la hermosa Laura que acude con su tía Urbana al puerto de Sevilla, donde las galeras se aprestan a zarpar, y donde se encuentra de modo casual con don Lope y Toledo, su criado.

> *Abreviar es menester;*
> *que ya se quieren partir.*
> *¡Oh, qué victoria es huir*
> *las armas de una mujer!*

Todo se desvaneció a mi alrededor, colgado como estaba de las palabras que salían de la boca de los actores. Por supuesto, a los pocos minutos yo estaba en pleno Arenal de Sevilla locamente enamorado de Laura, y deseaba tener la gallardía de los capitanes Fajardo y Castellanos, y darme de estocadas con los alguaciles y los corchetes antes de embarcarme en la Armada del rey, diciendo, como don Lope:

> *Hube de sacar la espada.*
> *Saquéla para un hidalgo*
> *noble, por cierto; que es justo*
> *honrar al que da disgusto,*
> *si un hombre se tiene en algo.*

*Que afrentar, aunque sea un loco*
*ausente, al que se atrevió*
*a ofenderos, pienso yo*
*que es tenerse un hombre en poco.*

Fue en ese momento cuando uno de los espectadores que estaba en pie a nuestro lado se volvió hacia el capitán para chistarle, en demanda de que guardara silencio, aunque éste no había dicho ni una palabra. Me volví sorprendido, y observé que el capitán miraba con atención al que había chistado, individuo con trazas de rufián, la capa doblada en cuatro sobre un hombro y la mano en el puño de la espada. Prosiguió la representación, centré de nuevo en ella mi atención, y aunque Diego Alatriste seguía callado e inmóvil, el tipo de la capa doblada en cuatro volvió a chistarle, mirándolo después con cara de pocos amigos y murmurando en voz baja sobre quienes no respetan el teatro ni dejan oír a la gente. Sentí entonces cómo la mano del capitán, que había vuelto a apoyar en mi hombro, me apartaba suavemente a un lado, y noté cómo después se retiraba un poco la capa, a fin de desembarazar la empuñadura de la daga que llevaba al cinto detrás del costado izquierdo. Terminaba en ese instante el primer acto, sonaron los aplausos del público, y Alatriste y nuestro vecino se sostuvieron la mirada silenciosamente, sin que de momento las cosas fueran más allá. Dos a cada lado, algo más lejos, los otros cuatro individuos no nos quitaban ojo de encima.

Durante el baile del entreacto, el capitán buscó a Vicuña y al Licenciado Calzas con la vista y luego me confió a ellos, con el pretexto de que iba a ver mejor la segunda jornada desde donde estaban. Sonaron en ese momento fuertes aplausos entre el público y todos nos volvimos hacia uno de los aposentos superiores, donde la gente había reconocido al rey nuestro señor, quien allí se había entrado con disimulo al inicio del primer acto. Vi entonces por vez primera sus rasgos pálidos, el cabello rubio y ondulado en la frente y las sienes, y aquella boca con el labio inferior prominente, tan característico de los Austrias, y libre todavía del enhiesto bigote que luciría después. Vestía nuestro monarca de terciopelo negro, con golilla almidonada y sobrios botones de plata —fiel a la pragmática de austeridad contra el lujo en la Corte que él mismo acababa de dictar—, y en la mano pálida y fina, de azuladas venas, sostenía con descuido un guante de gamuza que a veces se llevaba a la boca para ocultar una sonrisa o unas palabras con sus acompañantes, en los que el entusiasmo del público había reconocido, junto a varios gentileshombres españoles, al príncipe de Gales y al duque de Buckingham, a quienes Su Majestad había tenido a bien, aunque manteniendo el incógnito oficial —todos iban cubiertos, como si el rey no estuviese allí—, invitar al espectáculo. Contrastaba la grave sobriedad de los españoles con las plumas, cintas, lazos y joyas que lucían los dos ingleses, cuya apostura y juventud fueron muy celebradas por el público que llenaba el corral de comedias, y levantaron no pocos requiebros, golpes de abanico y miradas devastadoras en la cazuela de las mujeres.

Empezó la segunda jornada, que yo seguí, bebiéndome como en la anterior hasta la última de las palabras y gestos de los representantes; y durante ésta, justo cuando en el escenario el capitán Fajardo decía aquello de:

183

*«Prima» la llama. No sé*
*si esta prima es verdadera;*
*mas no es la cuerda primera*
*que por prima falsa esté.*

... volvió en ese punto a chistarle a Diego Alatriste el valentón de la capa doblada en cuatro, y esta vez se le unieron dos de los otros rufianes que en el entreacto se habían ido acercando. El propio capitán había jugado alguna vez la misma treta, así que el negocio estaba más claro que el agua; sobre todo habida cuenta de que los dos matachines restantes venían también poco a poco entre la gente. Miró el capitán a su alrededor, por ver la suerte en que se hallaba. Detalle significativo: ni el alcalde de Casa y Corte ni los alguaciles que solían cuidar del orden en las representaciones aparecían por parte alguna. En cuanto a otro socorro, el Licenciado Calzas no era hombre de armas, y el cincuentón Juan Vicuña poca destreza podía hacer con una sola mano. Respecto a don Francisco de Quevedo, se hallaba dos filas de bancos más lejos, atento al escenario y ajeno a lo que a sus espaldas se tramaba. Y lo peor era que, influidos por el chistar de los provocadores, algunos del público empezaban a mirar mal al propio Alatriste, como si realmente éste molestase la representación. Lo que estaba a punto de ocurrir era tan cierto como que dos y dos eran cuatro. En aquel caso concreto, tres y dos sumaban cinco. Y cinco a uno era demasiado, incluso para el capitán.

Intentó zafarse en dirección a la puerta más cercana. Obligado a reñir, lo haría con más espacio en la calle que allí adentro, embarazado por todos, donde no iban a tardar un Jesús en coserlo a puñaladas. También había cerca un par de iglesias donde acogerse a sagrado, si al cabo terciaba además la Justicia en el lance. Pero ya los otros le cerraban las espaldas, y la cosa tomaba un feo cariz. Terminaba en eso el segundo acto, sonaron los aplausos, y con ellos arreciaron las increpaciones de los valentones contra el capitán. Ya la chusma empezaba a hacer corro. Trabáronse de palabras, subió el tono. Y por fin, entre dos reniegos y por vidas de, alguien pronunció la palabra bellaco. Entonces Diego Alatriste suspiró muy hondo, para sus adentros. Aquello era negocio hecho. Así que, resignado, metió mano a la espada y sacó el acero de la vaina.

Al menos, se dijo fugazmente al desnudar la blanca, un par de aquellos hideputas iban a acompañarlo bien servidos al infierno. Sin tan siquiera componerse en guardia, lanzó un tajo horizontal con la espada hacia la derecha para alejar a los rufianes que tenía más próximos, y echando atrás la mano izquierda sacó la daga vizcaína de la funda que le pendía del cinto bajo los riñones. Alborotaba el público dejando espacio, gritaban las mujeres en la cazuela, se inclinaban los ocupantes de los aposentos por las ventanas para ver mejor. No era extraño en aquel tiempo, como hemos dicho, que el espectáculo se desplazase en los corrales del escenario al patio; y todos se preparaban a disfrutar una vez más del suceso adicional y gratuito: en un momento se había hecho un círculo alrededor de los contendientes. El capitán, seguro de no resistir mucho rato frente a cinco hombres armados y diestros en el oficio, decidió no andarse con lindezas de esgrima, y en vez de curar su salud procuró desbaratar la de sus enemigos. Dio una cuchillada al de la capa doblada en cuatro, y sin pararse a ver el resultado —que no fue gran cosa—, se agachó intentando desjarretar a otro con la vizcaína. Puestos a seguir con la aritmética, cinco espadas y cinco dagas sumaban diez hojas de acero cortando el aire; así que le llovían estocadas como granizo. Una anduvo tan cerca que cortó una manga del jubón, y otra le hubiera pasado el cuerpo de no enredarse en su capa. Revolvióse lanzando molinetes y tajos a diestro y siniestro; hizo retroceder a un par de adversarios, trabó el acero con uno y la vizcaína con otro, y sintió que alguien lo acuchillaba en la cabeza: el filo cortante y frío de la hoja, y la sangre chorreándole entre las cejas. Estás pero que bien jodido, Diego, se dijo con un último rastro de lucidez. Hasta aquí has llegado. Y lo cierto es que se sentía exhausto. Los brazos le pesaban como el plomo y la sangre lo cegaba. Alzó la mano izquierda, la de la daga, para limpiarse los ojos con el dorso, y entonces vio una espada que se dirigía hacia su garganta, y a don Francisco de Quevedo que gritando: «¡Alatriste! ¡A mí! ¡A mí!», con voz atronadora, saltaba desde los bancos a la viga del degolladero e interponía la suya desnuda, parando el golpe.

—¡Cinco a dos ya está mejor! —exclamó el poeta acero en alto, saludando con una alegre inclinación de cabeza al capitán—… ¡No queda sino batirse!

Y se batía, en efecto, como el demonio que era toledana en mano, sin que su cojera le estorbase lo más

186

mínimo. Meditando sin duda la décima que iba a componer si sacaba la piel de aquello. Los anteojos le habían caído sobre el pecho y colgaban de su cinta, junto a la cruz roja de Santiago; y acometía feroz, sudoroso, con toda la mala leche que solía reservar para sus versos y que, en ocasiones como ésa, también sabía destilar en la punta de su espada. Lo arrollador e inesperado de su carga contuvo a los que atacaban, e incluso alcanzó a herir a uno con buen golpe que le pasó la banda del tahalí hasta el hombro. Después, rehechos los contrincantes, cerraron de nuevo y la querella hirvió en un remolino de cuchilladas. Hasta los actores habían salido a mirar desde el escenario.

Lo que ocurrió entonces ya es Historia. Cuentan los testigos que, en el palco donde se hallaban de supuesto incógnito el rey, Gales, Buckingham y su séquito de gentileshombres, todos veían la pendencia con sumo interés y encontrados sentimientos. Nuestro monarca, como es natural, estaba molesto por aquella desvergonzada afrenta al orden público en su augusta presencia; aunque tal presencia fuese sólo oficiosa. Pero hombre joven, gallardo y de espíritu caballeresco, no le incomodaba mucho, en otro oculto sentido, que sus invitados extranjeros asistiesen a una exhibición espontánea de bravura por parte de sus súbditos, con los que a fin de cuentas solían encontrarse a menudo en el campo de batalla. Lo cierto es que el hombre que se había estado batiendo con cinco lo hacía con una desesperación y un coraje inauditos, arrancando a las pocas estocadas la simpatía del público

187

y gritos de angustia entre las damas, al verlo estrechado tan de cerca. Dudó el rey nuestro señor, según cuentan, entre el protocolo y la afición; por eso se demoraba en ordenar al jefe de su escolta de guardias vestidos de paisano que interviniese para cortar el tumulto. Y justo cuando por fin iba a abrir la boca para una orden real e inapelable, a todos causó gran admiración ver a don Francisco de Quevedo, conocidísimo en la Corte, terciar tan resuelto en el lance.

Pero la mayor sorpresa aún estaba por venir. Porque el poeta había gritado el nombre de Alatriste al entrar en liza; y el rey nuestro señor, que iba de sobresalto en sobresalto, vio que, al oírlo, Carlos de Inglaterra y el duque de Buckingham se miraban el uno al otro.

—¡*Alatruiste!* —exclamó el de Gales, con aquella pronunciación suya tan juvenil, cerrada y británica. Y tras inclinarse un momento por la barandilla de la ventana, echó una ávida ojeada a la situación allá abajo, en el patio, y luego se volvió de nuevo hacia Buckingham, y después al rey. En los pocos días que llevaba en Madrid había tenido tiempo de estudiar algunas palabras y frases sueltas del castellano, y fue de ese modo como se dirigió a nuestro monarca:

—*Diesculpad, Siure… Hombrue ese y yo tener deuda… Mi vida debo.*

Y acto seguido, tan flemático y sereno como si estuviese en un salón de su palacio de Saint James, se quitó el sombrero, ajustó los guantes, y requiriendo la espada miró a Buckingham con perfecta sangre fría.

—Steenie —dijo.

Después, acero en mano, sin demorarse más, bajó los peldaños de la escalera seguido por Buckingham, que también desenvainaba. Y don Felipe Cuarto, atónito, no supo si detenerlos o asomarse de nuevo a la ventana; así que cuando recobró la compostura que estaba a punto de perder, los dos ingleses se veían ya en el patio del corral de comedias, trabándose a estocadas con los cinco hombres que cercaban a Francisco de Quevedo y Diego Alatriste. Era aquél un lance de los que hacen época; de modo que aposentos, gradas, cazuela, bancos y patio, estupefactos al ver aparecer a Carlos y Buckingham herreruza en mano, resonaron al instante con atronador estallido de aplausos y gritos de entusiasmo. Entonces el rey nuestro señor reaccionó por fin, y puesto en pie se volvió a sus gentileshombres, ordenando que cesara de inmediato aquella locura. Al hacerlo se le cayó un guante al suelo. Y eso, en alguien que reinó cuarenta y cuatro años sin mover en público una ceja ante los imprevistos ni alterar el semblante, denotaba hasta qué punto el monarca de ambos mundos estuvo aquella tarde, en el corral del Príncipe, en un tris de perder los papeles.

# Capítulo XI

# EL SELLO Y LA CARTA

Los gritos de las guardias española, borgoñona y tudesca al hacer el relevo en las puertas de Palacio llegaban hasta Diego Alatriste por la ventana abierta a uno de los grandes patios del Alcázar Real. Había una sola alfombra en el piso desnudo de madera, y sobre ella una mesa enorme, oscura, cubierta de papeles, legajos y libros, y de aspecto tan solemne como el hombre sentado tras ella. Aquel hombre leía cartas y despachos metódicamente, uno tras otro, y de vez en cuando escribía algo al margen con una pluma de ave que mojaba en el tintero de loza de Talavera. Lo hacía sin interrupción, como si las ideas fluyesen sobre el papel con tanta facilidad como la lectura, o la tinta. Llevaba así largo rato, sin levantar la cabeza ni siquiera cuando el teniente de alguaciles Martín Saldaña, acompañado por un sargento y dos soldados de la guardia real, condujo ante él a Diego Alatriste por corredores secretos, retirándose después. El hombre de la mesa seguía despachando cartas, imperturbable, como si estuviera solo; y el capitán tuvo tiempo sobrado para estudiarlo bien. Era corpulento, de cabeza grande y tez rubicunda, con un pelo negro y fuerte que le cubría las orejas, barba oscura y cerrada sobre el mentón y enormes bigotes que se rizaban espesos en los carrillos. Vestía de seda azul oscura, con realces de trencilla negra, zapatos y medias del mismo color; y sobre el pecho lucía la cruz roja de Calatrava, que junto a la golilla blanca y una fina cadena de oro eran los únicos contrastes en tan sobria indumentaria.

Aunque Gaspar de Guzmán, tercer conde de Olivares, no sería nombrado duque hasta dos años más tarde, ya estaba en el segundo de su privanza. Era grande de España y su poder, a los treinta y cinco años, resultaba inmenso. El joven monarca, más amigo de fiestas y de caza que de asuntos de gobierno, era un instrumento ciego en sus manos; y quienes podían haberle hecho sombra estaban sometidos o muertos. Sus antiguos protectores el duque de Uceda y fray Luis de Aliaga, favoritos del anterior rey, se hallaban en el destierro; el duque de Osuna, caído en desgracia y con sus propiedades confiscadas; el duque de Lerma esquivaba el cadalso gracias al capelo cardenalicio —*vestido de colorado para no verse ahorcado*, decía la copla—, y Rodrigo Calderón, otro de los hombres principales del antiguo régimen, había sido ejecutado en la plaza pública. Ya nadie estorbaba a aquel hombre inteligente, culto, patriota y ambicioso, en su designio de controlar los principales resortes del imperio más poderoso que seguía existiendo sobre la tierra.

Fáciles son de imaginar los sentimientos que experimentaba Diego Alatriste al verse ante el todopoderoso privado, en aquella vasta estancia donde, aparte la alfombra y la mesa, la única decoración consistía en un retrato del difunto rey don Felipe Segundo, abuelo del actual monarca, que colgaba sobre una gran chimenea apagada. En especial tras reconocer en el personaje, sin la menor duda ni demasiado esfuerzo, al más alto y fuerte de los dos enmascarados de la primera noche en la puerta de Santa Bárbara. El mismo a quien el de la cabeza redonda había llamado *Excelencia* antes de que se marchara exigiendo que en el asunto de los ingleses no corriese demasiada sangre.

Ojalá, pensó el capitán, la ejecución que le reservaban no fuera con garrote. Tampoco es que bailar al extremo de una soga fuese plato de gusto; pero al menos no lo despachaban a uno con aquel torniquete ignominioso dando vueltas en el pescuezo, y la cara de pasmo propia de los ajusticiados, con el verdugo diciendo: *perdóneme vuestra merced que soy un mandado*, y etcétera, que mal rayo enviase Cristo al mandado y a los hideputas que lo mandaban, que por otro lado siempre eran los mismos. Sin contar con el obligado trámite previo de mancuerda, brasero, juez, relator, escribano y sayón, para obtener una confesión en regla antes de enviarlo a uno bien descoyuntado al diablo. Lo malo era que con instrumentos de cuerda Diego Alatriste cantaba fatal; así que el procedimiento iba a ser penoso y largo. Puesto a elegir, prefería terminar sus días a hierro y por las bravas, que a fin de cuentas era el modo decente en que debía hacer mutis un soldado: viva España y demás, y angelitos al cielo o a donde tocara ir. Pero no estaban los tiempos para golosinas. Se lo había dicho en voz baja un preocupado Martín

Saldaña, cuando fue a despertarlo a la cárcel de Corte para conducirlo temprano al Alcázar:

—A fe mía que esta vez lo veo crudo, Diego.

—Otras veces lo he tenido peor.

—No. Peor no lo has tenido nunca. De quien desea verte no se salva nadie dando estocadas.

De cualquier modo, Alatriste tampoco tenía con qué darlas. Hasta la cuchilla de matarife le habían quitado de la bota cuando lo apresaron después de la reyerta en el corral de comedias; donde, al menos, la intervención de los ingleses evitó que allí mismo lo mataran.

—*En pas ahora esteumos* —había dicho Carlos de Inglaterra cuando acudió la guardia a separar a los contendientes o a protegerlo a él, que en realidad fue todo uno. Y tras envainar volvió la espalda, con Buckingham, desentendiéndose del asunto entre los aplausos de un público entusiasmado con el espectáculo. A don Francisco de Quevedo lo dejaron ir por orden personal del rey, a quien por lo visto había gustado su último soneto. En cuanto a los cinco espadachines, dos escaparon en el tumulto, a uno se lo habían llevado herido de gravedad, y dos fueron apresados con Alatriste y puestos en un calabozo cercano al suyo. Al salir con Saldaña por la mañana, el capitán había pasado junto a ese mismo calabozo. Vacío.

El conde de Olivares seguía concentrado en su correo, y el capitán miró la ventana con sombría esperanza. Aquello quizás le ahorrase el verdugo y abreviara el expediente, aunque una caída de treinta pies sobre el patio no era mucho; se exponía a quedar vivo y que lo subieran a la mula para colgarlo con las piernas quebradas, lo que no iba a ser gallardo espectáculo. Y aún otro problema:

si después de todo había Alguien más allá, lo de la ventana se lo iba a tomar fatal durante el resto de una eternidad no por hipotética menos inquietante. Así que, puestos a tocar retreta, mejor era irse sacramentado y de mano ajena, por si las moscas. A fin de cuentas, se consoló, por mucho que duela y tardes en morir, al final siempre te mueres. Y quien muere, descansa.

En esos alegres pensamientos andaba cuando reparó en que el valido había dejado de despachar su correo y lo miraba. Aquellos ojos oscuros, negros y vivos, parecían estudiarlo con fijeza. Alatriste, cuyo jubón y calzas mostraban las huellas de la noche pasada en el calabozo, lamentó no tener mejor aspecto. Unas mejillas rasuradas le habrían dado más apariencia. Y tampoco hubiera sobrado una venda limpia en torno al tajo de la frente, y agua para lavarse la sangre seca que le cubría la cara.

—¿Me habéis visto alguna vez, antes?

La pregunta de Olivares cogió desprevenido al capitán. Un sexto sentido, semejante al ruido que hace una hoja de acero resbalando sobre piedra de afilar, le aconsejó exquisita prudencia.

—No. Nunca.

—¿Nunca?

—Eso he dicho a vuestra Excelencia.

—¿Ni siquiera en la calle, en un acto público?

—Bueno —el capitán se pasó dos dedos por el bigote, como obligándose a recordar—. Tal vez en la calle... Me refiero a la Plaza Mayor, los Jerónimos y sitios así —movió la cabeza afirmativo, con supuesta y deliberada honradez—... Ahí es posible que sí.

Olivares le sostenía la mirada, impasible.

—¿Nada más?

—Nada más.

Por un brevísimo instante el capitán creyó advertir una sonrisa entre la feroz barba del valido. Pero nunca estuvo seguro de eso. Olivares había tomado uno de los legajos que tenía sobre la mesa y pasaba sus hojas con aire distraído.

—Servisteis en Flandes y Nápoles, por lo que veo. Y contra los turcos en Levante y Berbería... Una larga vida de soldado.

—Desde los trece años, Excelencia.

—Lo de *capitán* es un apodo, supongo.

—Algo así. Nunca pasé de sargento, e incluso se me privó de ese grado tras una reyerta.

—Sí, aquí lo dice —el ministro seguía hojeando el legajo—. Reñisteis con un alférez, dándole de estocadas... Me sorprende que no os ahorcaran por ello.

—Iban a hacerlo, Excelencia. Pero ese mismo día se amotinaron nuestras tropas en Maastricht: llevaban cinco meses sin paga. Yo no me amotiné, y tuve la fortuna de poder defender de los soldados al señor maestre de campo don Miguel de Orduña.

—¿No os gustan los motines?

—No me gusta que se asesine a los oficiales.

El valido enarcó una ceja, displicente.

—¿Ni a los que os pretenden ahorcar?

—Una cosa es una cosa, y otra cosa es otra cosa.

—Para defender a vuestro maestre de campo tumbasteis espada en mano a dos o tres, dice por aquí.

—Eran tudescos, Excelencia. Y además, el señor maestre de campo decía: «Demonio, Alatriste, si me

196

han de matar amotinados, al menos que sean españoles». Le di la razón, metí mano, y aquello me valió el indulto.

Escuchaba Olivares, el aire atento. De vez en cuando echaba un nuevo vistazo a los papeles y miraba a Diego Alatriste con reflexivo interés.

—Ya veo —dijo—. También hay aquí una carta de recomendación del viejo conde de Guadalmedina, y un beneficio de don Ambrosio de Spínola en persona, firmado de su puño y letra, pidiendo para vos ocho escudos de ventaja por vuestro buen servicio ante el enemigo… ¿Se os llegó a conceder?

—No, Excelencia. Que unas son las intenciones de los generales y otras las de secretarios, administradores y escribanos… Al reclamarlos me los redujeron a cuatro escudos, e incluso ésos nunca los vi hasta hoy.

El ministro hizo un lento gesto con la cabeza, como si también a él le retuvieran de vez en cuando sus beneficios o salarios. O quizá sólo se limitaba a aprobar la renuencia de secretarios, administradores y escribanos a soltar dinero público. Alatriste vio que seguía pasando papeles con minuciosidad de funcionario.

—Licenciado después de Fleurus por herida grave y honrosa… —prosiguió Olivares. Ahora miraba el apósito en la frente del capitán—. Tenéis cierta propensión a ser herido, por lo que veo.

—Y a herir, Excelencia.

Diego Alatriste se había erguido un poco, retorciéndose el bigote. Era obvio que no le gustaba que nadie, ni siquiera quien podía hacerlo ejecutar en el acto, tomase sus heridas a la ligera. Olivares estudió con curiosidad el destello insolente que había aparecido en sus ojos, y luego volvió a ocuparse del legajo.

—Eso parece —concluyó—. Aunque las referencias sobre vuestras aventuras lejos de las banderas son menos ejemplares que en la vida militar... Veo aquí una riña en Nápoles con muerte incluida... ¡Ah! Y también una insubordinación durante la represión de los rebeldes moriscos en Valencia —el privado frunció el ceño—... ¿Acaso os pareció mal el decreto de expulsión firmado por Su Majestad?

El capitán tardó en contestar.

—Yo era un soldado —dijo al cabo—. No un carnicero.

—Os imaginaba mejor servidor de vuestro rey.

—Y lo soy. Incluso lo he servido mejor que a Dios, pues de éste quebranté diez preceptos, y de mi rey ninguno.

Enarcó una ceja el valido.

—Siempre creí que la de Valencia fue una gloriosa campaña...

—Pues informaron mal a vuestra Excelencia. No hay gloria ninguna en saquear casas, forzar a mujeres y degollar a campesinos indefensos.

Olivares lo escuchaba con expresión impenetrable.

—Contrarios todos ellos a la verdadera religión —apostilló—. Y reacios a abjurar de Mahoma.

El capitán encogió los hombros con sencillez.

—Quizás —repuso—. Pero ésa no era mi guerra.

—Vaya —el ministro alzaba ahora las dos cejas con fingida sorpresa—. ¿Y asesinar por cuenta ajena sí lo es?

—Yo no mato niños ni ancianos, Excelencia.

—Ya veo. ¿Por eso dejasteis vuestro Tercio y os alistasteis en las galeras de Nápoles?

—Sí. Puesto a acuchillar infieles, preferí hacerlo con turcos hechos y derechos, que pudieran defenderse.

El valido estuvo mirándolo un momento, sin decir nada. Después volvió a los papeles de la mesa. Parecía meditar sobre las últimas palabras de Alatriste.

—Sin embargo, a fe que os abona gente de calidad —dijo por fin—. El joven Guadalmedina, por ejemplo. O don Francisco de Quevedo, que tan bizarramente conjugó ayer la voz activa; aunque Quevedo igual beneficia que perjudica a sus amigos, según los altibajos de sus gracias y desgracias —el privado hizo una pausa larga y significativa—... También, según parece, el flamante duque de Buckingham cree deberos algo —hizo otra pausa más larga que la anterior—... Y el príncipe de Gales.

—No lo sé —Alatriste se encogía otra vez de hombros, el rostro impasible—. Pero esos gentileshombres hicieron ayer más que suficiente para saldar cualquier deuda, real o imaginaria.

Olivares hizo un lento gesto negativo con la cabeza.

—No creáis —su tono era un suspiro de fastidio—. Esta misma mañana Carlos de Inglaterra ha tenido a bien interesarse de nuevo por vos y vuestra suerte. Hasta el rey nuestro señor, que no sale de su asombro por lo ocurrido, desea estar al corriente... —puso el legajo a un lado con brusquedad—. Todo esto crea una situación enojosa. Muy delicada.

Ahora el valido miraba a Diego Alatriste de arriba abajo, como preguntándose qué hacer con él.

—Lástima —prosiguió— que aquellos cinco jaques de ayer no desempeñaran mejor su oficio. Quien los pagó no andaba errado... En cierta forma eso lo hubiese resuelto todo.

—Lamento no compartir vuestro pesar, Excelencia.

—Me hago cargo... —la mirada del ministro había cambiado: ahora se tornaba más dura e insondable—. ¿Es cierto eso que cuentan, sobre que hace unos días salvasteis la vida a cierto viajero inglés cuando un camarada vuestro estaba a punto de matarlo?

Alarma. Corred al arma con redobles de caja y trompetas, pensó Alatriste. Aquel giro tenía más peligro que una salida nocturna de los holandeses con todo el Tercio durmiendo a pierna suelta en las fajinas. Conversaciones como ésa lo llevaban a uno en línea recta a meter el cuello en una soga. Y en ese momento no daba un ardite por el suyo.

—Vuestra Excelencia disimule, mas no recuerdo semejante cosa.

—Pues os conviene hacer memoria.

Ya lo habían amenazado muchas veces en su vida, antes; y además estaba seguro de no salir con bien de aquélla. Así que, puestos a darle lo mismo, el capitán se mantuvo impasible. Eso no fue obstáculo para que escogiera con tiento las palabras:

—Desconozco si a alguien salvé la vida —dijo tras meditar un poco—. Pero recuerdo que, cuando se me encomendó cierto servicio, el principal de mis empleadores dijo que no quería muertes en aquel lance.

—Vaya. ¿Eso dijo?

—Eso mismo.

Las pupilas penetrantes del privado apuntaron al capitán como ánimas de arcabuz.

—¿Y quién era ese principal? —preguntó con peligrosa suavidad.

Alatriste ni pestañeó.

—No lo sé, Excelencia. Llevaba un antifaz.

Ahora Olivares lo observaba con nuevo interés.

—Si tales eran las órdenes, ¿cómo es que vuestro compañero osó ir más lejos?

—No sé de qué compañero habla vuestra Excelencia. De cualquier modo, otros caballeros que acompañaban al principal dieron después instrucciones diferentes.

—¿Otros?... —el ministro parecía muy interesado en aquel plural—. Por las llagas de Dios que me gustaría conocer sus nombres. O descripciones.

—Me temo que es imposible. Ya habrá notado vuestra Excelencia que tengo una memoria infame. Y los antifaces...

Vio que Olivares daba un golpe sobre la mesa, disimulando su impaciencia. Pero la mirada que dirigió a Alatriste era más valorativa que amenazadora. Parecía sopesar algo en su interior.

—Empiezo a estar harto de vuestra mala memoria. Y os prevengo que hay verdugos capaces de avivársela al más pintado.

—Ruego a vuestra Excelencia que me mire bien la cara.

Olivares, que no había dejado de mirar al capitán, frunció bruscamente el ceño, entre irritado y sorprendido. Su expresión se tornó más seria, y Alatriste creyó que iba a llamar en ese momento a la guardia para que se lo llevaran de allí y lo ahorcaran en el acto. Pero el privado permaneció inmóvil y silencioso, mirándole al capitán la cara como éste había pedido. Por fin, algo que debió de ver en su mentón firme o en los ojos glaucos y fríos, que no parpadearon un solo instante mientras duró el examen, pareció convencerlo.

—Quizá tengáis razón —asintió el privado—. Me atrevería a jurar que sois de los olvidadizos. O de los mudos.

Se quedó un instante pensativo, mirando los papeles que tenía sobre la mesa.

—Debo despachar unos asuntos —dijo—. Espero que no os importe aguardar aquí un poco más.

Se levantó entonces y, acercándose al cordón de una campanilla que pendía del techo junto a la pared, tiró de éste una sola vez. Luego volvió a sentarse sin prestar más atención al capitán.

El aire familiar del individuo que entró en la habitación se acentuó en cuanto Alatriste oyó su voz. Por vida de. Aquello, decidió, empezaba a parecerse a una reunión de viejos conocidos, y sólo faltaban allí el padre Emilio Bocanegra y el espadachín italiano para completar cuadrilla. El recién llegado tenía la cabeza redonda, y en ella flotaban desamparados algunos cabellos entre castaños y grises. Todo su pelo era mezquino y ralo: las patillas hasta media cara, la barbita muy estrecha y recortada desde el labio inferior al mentón, y los bigotes poco espesos pero rizados sobre los mofletes, surcados de venillas rojas igual que la gruesa nariz. Vestía de negro, y la cruz de Calatrava no bastaba para atenuar la vulgaridad que se desprendía de su apariencia, con la golilla poco limpia y mal almidonada, y aquellas manos manchadas de tinta que le hacían parecer un amanuense venido a más, con el grueso anillo de oro en el meñique de la mano izquierda. Los ojos, sin embargo, resultaban inteligentes y muy vivos; y la ceja izquierda, arqueada a más altura que la derecha con aire avisado, crítico, daba un carácter taimado, de peligrosa mala voluntad, a la expresión —primero sorprendida y luego desdeñosa y fría— que cruzó su rostro al descubrir a Diego Alatriste.

Era Luis de Alquézar, secretario privado del rey don Felipe Cuarto. Y esta vez venía sin máscara.

—Resumiendo —dijo Olivares—. Que hemos topado con dos conspiraciones. Una, encaminada a dar una lección a ciertos viajeros ingleses, y a quitarles unos documentos secretos. Y otra dirigida simplemente a asesinarlos. De la primera tenía ciertos informes, creo recordar... Pero la segunda es casi una novedad para mí. Quizá vuestra merced, don Luis, como secretario de Su Majestad y hombre ducho en covachuelas de la Corte, hayáis oído algo.

El valido había hablado muy despacio, tomándose su tiempo y con largas pausas entre frase y frase; sin quitarle de encima los ojos al recién llegado. Éste permanecía en pie, escuchando, y de vez en cuando lanzaba furtivas ojeadas a Diego Alatriste. El capitán se mantenía a un lado, preguntándose en qué diablos iba a terminar todo aquello. Reunión de pastores, oveja muerta. O a punto de estarlo.

Olivares había dejado de hablar y aguardaba. Luis de Alquézar se aclaró la garganta.

—Temo no ser muy útil a vuestra Grandeza —dijo, y en su tono extremadamente cauto se traslucía el desconcierto por la presencia de Alatriste—. Algo había oído yo también de la primera conspiración… En cuanto a la segunda… —miró al capitán y la ceja izquierda se le enarcó siniestra, como un puñal turco en alto—. Ignoro lo que este sujeto ha podido, ejem, contar.

El privado tamborileó impaciente con los dedos sobre la mesa.

—Este sujeto no ha contado nada. Lo tengo aquí esperando para despachar otro asunto.

Luis de Alquézar miró al ministro un largo rato, calibrando lo que acababa de oír. Digerido aquello, miró a Alatriste y de nuevo a Olivares.

—Pero… —empezó a decir.

—No hay peros.

Alquézar se aclaró la garganta de nuevo.

—Como vuestra Grandeza me plantea un tema tan delicado delante de terceros, creí que…

—Pues creisteis mal.

—Disculpadme —el secretario miraba los papeles de la mesa con expresión inquieta, como acechando algo alarmante en ellos. Se había puesto muy pálido—. Pero no sé si ante un extraño debo…

Alzó el valido una mano autoritaria. Alatriste, que los observaba, habría jurado que Olivares parecía disfrutar con todo aquello.

—Debéis.

Ya eran cuatro las veces que Alquézar tragaba saliva, aclarándose la garganta. Esta vez lo hizo ruidosamente.

—Siempre estoy a las órdenes de vuestra Grandeza —su tez pasaba de la extrema palidez al enrojecimiento súbito, cual si experimentase accesos de frío y de calor—. Lo que puedo imaginar sobre esa segunda conspiración...

—Procurad imaginarlo con todo detalle, os lo ruego.

—Por supuesto, Excelencia —los ojos de Alquézar seguían escudriñando inútilmente los papeles del ministro; sin duda su instinto de funcionario lo impulsaba a buscar en ellos la explicación a lo que estaba ocurriendo—... Os decía que cuanto puedo imaginar, o suponer, es que ciertos intereses se cruzaron en el camino. La Iglesia, por ejemplo...

—La Iglesia es muy amplia. ¿Os referís a alguien en particular?

—Bueno. Hay quienes tienen poder terrenal, además del eclesiástico. Y ven con malos ojos que un hereje...

—Ya veo —cortó el ministro—. Os referís a santos varones como fray Emilio Bocanegra, por ejemplo.

Alatriste vio cómo el secretario del rey reprimía un sobresalto.

—Yo no he mencionado a Su Paternidad —dijo Alquézar, recobrando la sangre fría—. Pero ya que vuestra Grandeza se digna hacerlo, diré que sí. Me refiero a que tal vez, en efecto, fray Emilio sea de quienes no ven con agrado una alianza con Inglaterra.

—Me sorprende que no hayáis acudido a consultarme, si abrigabais semejantes sospechas.

Suspiró el secretario, aventurando una discreta sonrisa conciliadora. A medida que se prolongaba la conversación y sabía a qué tono atenerse, parecía más taimado y seguro de sí.

—Ya sabe vuestra Grandeza cómo es la Corte. Sobrevivir resulta difícil, entre tirios y troyanos. Hay influencias. Presiones... Además, resulta sabido que vuestra Grandeza no es partidario de una alianza con Inglaterra... A fin de cuentas se trataría de serviros.

—Pues voto a Dios, Alquézar, que por servicios así hice ahorcar a más de uno —la mirada de Olivares perforaba al secretario real como un mosquetazo—... Aunque imagino que el oro de Richelieu, de Saboya y de Venecia tampoco habrá sido ajeno al asunto.

La sonrisa cómplice y servil que ya apuntaba bajo el bigote del secretario real se borró como por ensalmo.

—Ignoro a qué se refiere vuestra Grandeza.

—¿Lo ignoráis? Qué curioso. Mis espías habían confirmado la entrega de una importante suma a algún personaje de la Corte, pero sin identificar destinatario... Todo esto me aclara un poco las ideas.

Alquézar se puso una mano exactamente sobre la cruz de Calatrava que llevaba bordada en el pecho.

—Espero que vuestra Excelencia no vaya a pensar que yo...

—¿Vos? No sé qué podríais terciar en este negocio —Olivares hizo un gesto displicente con una mano, cual para alejar una mala idea, haciendo que Alquézar sonriese un poco, aliviado—... A fin de cuentas, todo el mundo sabe que *yo* os nombré secretario privado de Su Majestad. Gozáis de mi confianza. Y aunque en los últimos tiempos hayáis obtenido cierto poder, dudo que fueseis tan osado como para conspirar a vuestro aire. ¿Verdad?

La sonrisa de alivio ya no estaba tan segura en la boca del secretario.

—Naturalmente, Excelencia —dijo en voz baja.

—Y menos —prosiguió Olivares— en cuestiones donde intervienen potencias extranjeras. A fray Emilio Bocanegra puede salirle eso gratis porque es hombre de iglesia con agarres en la Corte. Pero a otros podría costarles la cabeza.

Al decir aquello le dirigió a Alquézar una mirada significativa y terrible.

—Vuestra Grandeza sabe —casi tartamudeó el secretario real, de nuevo demudada la color— que le soy absolutamente fiel.

El valido lo miró con ironía infinita.

—¿Absolutamente?

—Eso he dicho a vuestra Grandeza. Fiel y útil.

—Pues os recuerdo, don Luis, que de colaboradores absolutamente fieles y útiles tengo yo los cementerios llenos.

Y dicha aquella fanfarronada, que en su boca sonaba funesta y amenazadora, el conde de Olivares cogió la pluma con aire distraído, sosteniéndola entre los dedos como si se dispusiera a firmar una sentencia. Alatriste vio que Alquézar seguía el movimiento de la pluma con ojos angustiados.

—Y ya que hablamos de cementerios —dijo de pronto el ministro—. Os presento a Diego Alatriste, más notorio por el nombre de capitán Alatriste... ¿Lo conocíais?

—No. Quiero decir que, ejem. Que no lo conozco.

—Eso es lo bueno de andar entre gente avisada: que nadie conoce a nadie.

De nuevo parecía Olivares a punto de sonreír, pero no lo hizo. Al cabo de un instante señaló con la pluma al capitán.

—Don Diego Alatriste —dijo— es hombre cabal, con excelente hoja militar; aunque una herida reciente y su mala suerte lo tengan en situación delicada. Parece valiente y de fiar… Sólido, sería el término justo. No abundan los hombres como él; y estoy seguro de que con algo de buena fortuna conocerá mejores tiempos. Sería una lástima vernos privados para siempre de sus eventuales servicios —miró al secretario del rey, penetrante—… ¿No lo halláis en razón, Alquézar?

—Muy en razón —se apresuró a confirmar el otro—. Pero con el modo de vida que le imagino, este señor Alatriste se expone a tener cualquier mal encuentro… Un accidente o algo así. Nadie podría hacerse responsable de ello.

Dicho lo cual, Alquézar le dirigió al capitán una mirada de rencor.

—Me hago cargo —dijo el valido, que parecía estar a sus anchas con todo aquello—. Pero sería bueno que por nuestra parte no hagamos nada por anticipar tan molesto desenlace. ¿No sois de mi opinión, señor secretario real?

—Absolutamente, Excelencia —la voz de Alquézar temblaba de despecho.

—Sería muy penoso para mí.

—Lo comprendo.

—Penosísimo. Casi una afrenta personal.

Desencajado, Alquézar tenía cara de estar trasegando bilis por azumbres. La mueca espantosa que le crispaba la boca pretendía ser una sonrisa.

—Por supuesto —balbució.

Alzando un dedo en alto, como si acabase de recordar algo, el ministro buscó entre los papeles de la mesa, cogió uno de los documentos y se lo alargó al secretario real.

—Quizás ayudaría a nuestra tranquilidad que vos mismo cursarais este beneficio, que por cierto viene firmado por don Ambrosio de Spínola en persona, para que se le concedan cuatro escudos a don Diego Alatriste por servicios en Flandes. Eso le ahorrará por algún tiempo andar buscándose la vida entre cuchillada y cuchillada... ¿Está claro?

Alquézar sostenía el papel con la punta de los dedos, cual si contuviera veneno. Miraba al capitán con ojos extraviados, a punto de sufrir un golpe de sangre. La cólera y el despecho le hacían rechinar los dientes.

—Claro como el agua, Excelencia.

—Entonces podéis regresar a vuestros asuntos.

Y sin levantar la vista de sus papeles, el hombre más poderoso de Europa despidió al secretario del rey con un gesto displicente de la mano.


Cuando se quedaron solos, Olivares alzó la cabeza para mirar detenidamente al capitán Alatriste.

—Ni voy a daros explicaciones, ni tengo por qué dároslas —dijo por fin, malhumorado.

—No he pedido explicaciones a vuestra Excelencia.

—Si lo hubierais hecho ya estaríais muerto. O camino de estarlo.

Hubo un silencio. El valido se había puesto en pie, yendo hasta la ventana sobre la que corrían nubes que amenazaban lluvia. Seguía las evoluciones de los guardias en el patio, cruzadas las manos a la espalda. A contraluz su silueta parecía aún más maciza y oscura.

—De cualquier modo —dijo sin volverse—, podéis dar gracias a Dios por seguir vivo.

—Es cierto que me sorprende —respondió Alatriste—. Sobre todo después de lo que acabo de oír.

—Suponiendo que de veras hayáis oído algo.

—Suponiéndolo.

Todavía sin volverse, Olivares encogió los poderosos hombros.

—Estáis vivo porque no merecéis morir, eso es todo. Al menos por este asunto. Y también porque hay quien se interesa en vos.

—Os lo agradezco, Excelencia.

—No lo hagáis —apartándose de la ventana, el valido dio unos pasos por la estancia, y sus pasos resonaron sobre el entarimado del suelo—. Existe una tercera razón: hay gentes para quienes el hecho de conservaros con vida supone la mayor afrenta que puedo hacerles en este momento —dio unos pasos más moviendo la cabeza, complacido—. Gentes que me son útiles por venales y ambiciosas; pero esa misma venalidad y ambición hace que a veces caigan en la tentación de actuar por su cuenta, o la de otros… ¡Qué queréis! Con hombres íntegros pueden quizá ganarse batallas, pero no gobernar reinos. Por lo menos, no éste.

Se quedó contemplando pensativo el retrato del gran Felipe Segundo que estaba sobre la chimenea; y tras una pausa muy larga suspiró profunda, sinceramente. Entonces pareció recordar al capitán y se volvió de nuevo hacia él.

—En cuanto al favor que pueda haberos hecho —continuó—, no cantéis victoria. Acaba de salir de aquí alguien que no os perdonará jamás. Alquézar es uno de esos raros aragoneses astutos y complicados, de la escuela de su antecesor Antonio Pérez... Su única debilidad conocida es una sobrina que tiene, niña aún, menina de Palacio. Guardaos de él como de la peste. Y recordad que si durante un tiempo mis órdenes pueden mantenerlo a raya, ningún poder alcanzo sobre fray Emilio Bocanegra. En lugar del capitán Alatriste, yo sanaría pronto de esa herida y volvería a Flandes lo antes posible. Vuestro antiguo general don Ambrosio de Spínola está dispuesto a ganar más batallas para nosotros: sería muy considerado que os hicieseis matar allí, y no aquí.

De pronto el valido parecía cansado. Miró la mesa cubierta de papeles como si en ella estuviera una larga y fatigosa condenación. Fue despacio a sentarse de nuevo, pero antes de despedir al capitán abrió un cajón secreto y extrajo una cajita de ébano.

—Una última cosa —dijo—. Hay un viajero inglés en Madrid que, por alguna incomprensible razón, cree estaros obligado... Su vida y la vuestra, naturalmente, es difícil que se crucen jamás. Por eso me encarga os entregue esto. Dentro hay un anillo con su sello y una carta que, faltaría más, he leído: una especie de orden o letra de cambio, que obliga a cualquier súbdito de Su Majestad Británica a prestar ayuda al capitán Diego Alatriste si éste la ha de menester. Y firma Carlos, príncipe de Gales.

Alatriste abrió la caja de madera negra, adornada con incrustaciones de marfil en la tapa. El anillo era de oro y tenía grabadas las tres plumas del heredero de

Inglaterra. La carta era un pequeño billete doblado en cuatro, con el mismo sello que el anillo, escrita en inglés. Cuando levantó los ojos vio que el valido lo miraba, y que entre la feroz barba y el mostacho se le dibujaba una sonrisa melancólica.

—Lo que yo daría —dijo Olivares— por disponer de una carta como ésa.

# Epílogo

El cielo amenazaba lluvia sobre el Alcázar, y las pesadas nubes que corrían desde el oeste parecían desgarrarse en el chapitel puntiagudo de la Torre Dorada. Sentado en un pilar de piedra de la explanada real, me abrigué los hombros con el herreruelo viejo del capitán que para mí hacía las veces de capa, y seguí esperando sin perder de vista las puertas de Palacio, de donde los centinelas me habían alejado ya en tres ocasiones. Llevaba allí muy largo rato: desde que por la mañana, soñoliento ante la cárcel de Corte donde habíamos pasado la noche —el capitán dentro y yo fuera—, seguí el carruaje en que los alguaciles del teniente Saldaña lo llevaron al Alcázar para introducirlo por una puerta lateral. Yo estaba sin probar bocado desde la noche anterior, cuando don Francisco de Quevedo, antes de irse a dormir —había estado curándose un rasguño sufrido durante la refriega—, pasó por la cárcel para interesarse por el capitán; y al encontrarme a la salida compró en un bodegón de puntapié algo de pan y cecina para mí. Lo cierto es que tal parecía ser mi sino: buena parte de la vida junto al capitán Alatriste la pasaba esperándolo en alguna parte durante un mal lance. Y siempre con el estómago vacío y la inquietud en el corazón.

Un frío chirimiri empezó a mojar las losas que cubrían la explanada real, trocándose al poco en llovizna que velaba de gris las fachadas de los edificios cercanos e iba acentuando poco a poco el reflejo de éstos en las losas húmedas bajo mis pies. Me entretuve para matar el tiempo mirando dibujarse esos contornos entre mis zapatos. En eso estaba cuando oí silbar una musiquilla que me resultaba familiar, una especie de tirurí-ta-ta, y entre aquellos reflejos grises y ocres apareció una mancha oscura, inmóvil. Y al alzar los ojos vi ante mí, con capa y sombrero, la inconfundible silueta negra de Gualterio Malatesta.

La primera reacción ante mi viejo conocido del Portillo de las Ánimas fue poner pies en polvorosa; pero no lo hice. La sorpresa me dejó tan mudo y paralizado que sólo pude quedarme allí muy quieto, tal y como estaba, mientras los ojos oscuros, relucientes, del italiano me miraban con fijeza. Después, cuando pude reaccionar, tuve dos pensamientos concretos y casi contrapuestos. Uno, huir. Otro, echar mano a la daga que llevaba oculta en la trasera del cinto, bajo el herreruelo, e intentar metérsela a nuestro enemigo por las tripas. Pero algo en la actitud de Malatesta me disuadió de hacer una cosa u otra. Aunque siniestro y amenazador como siempre, con aquella capa y sombrero negros y el rostro flaco de mejillas hundidas, llenas de marcas de viruela y cicatrices, su actitud no presagiaba males inminentes. Y en ese instante, como si alguien hubiese trazado un brusco brochazo de pintura blanca en su cara, apareció en ella una sonrisa.

—¿Esperas a alguien?

Me lo quedé mirando, sentado en el pilar de piedra, sin responder. Las gotas de lluvia corrían por mi cara, y a él le quedaban suspendidas en las anchas alas de fieltro del sombrero y en los pliegues de la capa.

—Creo que saldrá pronto —dijo al cabo de un momento con aquella voz suya apagada y áspera, sin dejar de observarme como al principio, de pie ante mí. Tampoco respondí esta vez; y él, tras otro instante, miró a mi espalda y luego alrededor, hasta fijar la vista en la fachada del Palacio.

—Yo también lo esperaba —añadió pensativo, sin dejar de mirar las puertas del Alcázar—. Por motivos diferentes a los tuyos, claro.

Parecía ensimismado, casi divertido por algún aspecto de la situación.

—Diferentes —repitió.

Pasó un carruaje con el cochero envuelto en una capa encerada. Eché un vistazo para ver si podía distinguir a su pasajero. No era el capitán. A mi lado, el italiano se había vuelto a observarme. Mantenía la fúnebre sonrisa.

—No te preocupes. Me han dicho que saldrá por su propio pie. Libre.

—¿Y cómo lo sabe vuestra merced?

Mi pregunta coincidió con un cauto gesto de mi mano hacia la parte del cinto cubierta por el herreruelo, movimiento que no pasó inadvertido al italiano. Se acentuó su sonrisa.

—Bueno —dijo lentamente—. Yo también lo esperaba, como tú. Para darle un recado. Pero acababan de decirme que el recado ya no es necesario, de momento… Que lo aplazan *sine die*.

Lo miré con una desconfianza tan evidente que el italiano se echó a reír. Una risa que parecía crujir como maderos rotos: chasqueante, opaca.

—Voy a irme, rapaz. Tengo cosas que hacer. Pero quiero que me hagas un favor. Un mensaje para el capitán Alatriste… ¿Te importa?

Yo lo seguía observando receloso, y no dije palabra. Él volvió a mirar a mi espalda y luego a uno y otro lado, y me pareció oírlo suspirar muy despacio, cual para sus adentros. Allí, negro e inmóvil bajo la lluvia que arreciaba poco a poco, también él parecía cansado. Quizás los malvados se cansan tanto como los corazones leales, pensé un instante. A fin de cuentas, nadie elige su destino.

—Cuéntale al capitán —dijo el italiano— que Gualterio Malatesta no olvida la cuenta pendiente entre ambos. Y que la vida es larga, hasta que deja de serlo… Dile también que nos encontraremos de nuevo, y que en esa ocasión espero darme más maña que hasta ahora, y matarlo. Sin acaloramientos ni rencores: con calma, espacio y tiempo. Se trata de una cuestión personal. Profesional, incluso. Y de profesional a profesional, estoy seguro de que él lo entenderá perfectamente… ¿Le darás el mensaje? —de nuevo el destello blanco le cruzó la cara, peligroso, como un relámpago—. Voto a Dios que eres un buen mozo.

Se quedó absorto, mirando de nuevo un punto indeterminado de la plaza llena de veladuras grises. Hizo después un gesto como para irse, pero se detuvo antes.

—Por cierto —añadió, sin mirarme—. La otra noche, en el Portillo de las Ánimas, estuviste muy bien. Aquellos pistoletazos a bocajarro... Pardiez. Supongo que Alatriste sabrá que te debe la vida.

Sacudió las gotas de agua de los pliegues de la capa y se embozó con ella. Sus ojos, negros y duros como piedras de azabache, se detuvieron por fin en mí.

—Imagino que nos volveremos a ver —dijo, y echó a andar. De pronto se detuvo, vuelto a medias—. Aunque, ¿sabes? Debería acabar contigo, ahora que aún eres un chiquillo... Antes de que seas un hombre y me mates tú a mí.

Después volvió la espalda y se fue, convertido de nuevo en la sombra negra que siempre había sido. Y oí su risa alejándose bajo la lluvia.

*Madrid, septiembre de 1996*

EXTRACTOS DE LAS

*FLORES DE POESÍA*
*DE VARIOS INGENIOS DE ESTA CORTE*

Impreso del siglo XVII sin pie de imprenta conservado

en la Sección «Condado de Guadalmedina» del Archivo

y Biblioteca de los Duques del Nuevo Extremo (Sevilla).

## ALABA LA VIRTVD MILITAR, EN LA PERSO-
## NA DEL CAPITÁN
## DON DIEGO ALATRISTE

### ১০দ্ধ*Soneto*১০দ্ধ

Ú, en cuyas venas laten Alatristes
A quienes ennoblece tu cuchilla,
Mientras te quede vida por vivilla,
A cualquiera enemigo te resistes.

De un tercio viejo la casaca vistes,
Vive Dios que la vistes sin mancilla,
Que si alguien hay que no pueda sufrilla,
Ese eres tú, que de honra te revistes.

Capitán valeroso en la jornada
Sangrienta, y en la paz pundonoroso,
En cuyo pecho alienta tanto fuego,

No perdonas jamás bravuconada,
Y empeñada tu fe, eres tan puntoso,
Que no te desdirás, aun siendo Diego.

## AL MISMO ASVNTO,
## A LO BVRLESCO

❧❧ Décima ❧❧

EN Flandes puso una pica,
Y aún puso más, porque puso
En fuga al gabacho iluso,
A gritos pidiendo arnica,
Que vello fue cosa rica,
Si sufrillo, rota triste;
Con cualquier contrario embiste,
Mas no hallo de qué me espante,
Pues nadie hay más bravo en Gante
Que el Capitán Alatriste.

# A LA ESTADÍA EN MADRID DE CARLOS,
## PRÍNCIPE DE GALES
### ✺◈✷*Soneto*✺◈✷

VINO Gales a bodas con la infanta
    En procura de tálamo y princesa,
    Ignorante el leopardo que esta empresa
    No corona el audaz, sino el que aguanta.

A culminar la hazaña se levanta
    Cual águila segura de su presa,
    Sin advertir que es vana la promesa
    Que por razón de estado se quebranta.

Política lección esto os enseña,
    Carlos: que en el marasmo cortesano
    No navega con brío el más ufano

Piloto, ni mejor se desempeña
    Donde el éxito al fin ciñe la frente
    Al más gallardo no, sí al más paciente.

## AL SEÑOR DE LA TORRE DE JVAN ABAD,
## CON SÍMILES DEL SANTORAL

*☜☞Octava rima☜☞*

L buen Roque en sufrido claudicante,

A Ignacio en caballero y en valiente,

A Domingo en batir al protestante,

Al Crisóstomo Juan en lo elocuente,

A Jerónimo en docto y hebraizante,

A Pablo en lo político y prudente,

Y en fin, hasta a Tomás sigue Quevedo,

Pues donde ve una llaga, pone el dedo.

# Agradecimientos

*A Sealtiel, por prestarnos el apellido.*
*A Julio Ollero, por la Topografía de Madrid*
*de Pedro Texeira. Y a Alberto Montaner Frutos,*
*por las notas al margen, los apócrifos de Quevedo*
*y Guadalmedina, su inteligente buen juicio*
*y su generosa amistad.*

# Índice

ARTURO
PÉREZ-REVERTE

LIMPIEZA
DE SANGRE

A punto de incorporarse a su antiguo tercio en Flandes, Diego
Alatriste se ve envuelto por mediación de su amigo don Francisco
de Quevedo en otra peligrosa aventura. Una mujer ha aparecido
estrangulada en una silla de manos frente a la iglesia de San Ginés,
con una bolsa de dinero y una nota manuscrita: Para misas por su
alma. El enigma se complica con los sucesos misteriosos que ocu-
rren tras las paredes de un convento, cuando Alatriste es contrata-
do para rescatar de allí a una joven novicia. En el azaroso y fascinante Madrid de Felipe IV, entre lances, tabernas, garitos, intrigas
y estocadas, la aventura pondrá en juego la vida de los amigos del
capitán, haciendo surgir del pasado los fantasmas de viejos enemigos: el pérfido secretario real Luis de Alquézar, el inquisidor fray
Emilio Bocanegra y el siniestro espadachín italiano Gualterio Malatesta.

ARTURO
PÉREZ-REVERTE

EL SOL
DE BREDA

«Al lento batir de los tambores, las primeras filas de españoles movíanse hacia adelante, y Diego Alatriste avanzaba con ellas, codo a codo con sus camaradas, ordenados y soberbios como si desfilaran ante el propio rey. Los mismos hombres amotinados días antes por sus pagas iban ahora dientes prietos, mostachos enhiestos y cerradas barbas, andrajos cubiertos por cuero engrasado y armas relucientes, fijos los ojos en el enemigo, impávidos y terribles, dejando tras de sí la humareda de sus cuerdas de arcabuz encendidas»...

Flandes, 1625. Alistado como mochilero del capitán Alatriste en los tercios viejos que asedian Breda, Íñigo Balboa es testigo excepcional de la rendición de la ciudad, cuyos pormenores narrará diez años más tarde para un cuadro famoso de su amigo Diego Velázquez. Siguiendo a su amo por el paisaje pintado al fondo de ese cuadro, al otro lado del bosque de lanzas, veremos a Íñigo empuñar por primera vez la espada y el arcabuz, peleando por su vida y la de sus amigos. Estocadas, asaltos, batallas, desafíos, encamisadas, saqueos y motines de la infantería española, jalonarán su camino a través de un mundo devastado por el invierno y por la guerra.

ARTURO
PÉREZ-REVERTE

EL ORO
DEL REY

«—Habrá que matar —dijo don Francisco de Quevedo—. Y puede
que mucho.
—Sólo tengo dos manos —respondió Alatriste.
—Cuatro —apunté yo».

Sevilla, 1626. A su regreso de Flandes, donde han participado en
el asedio y rendición de Breda, el capitán Alatriste y el joven
mochilero Íñigo Balboa reciben el encargo de reclutar a un pinto-
resco grupo de bravos y espadachines para una peligrosa misión,
relacionada con el contrabando del oro que los galeones españoles
traen de las Indias. Los bajos fondos de la turbulenta ciudad andaluza, el corral de los Naranjos, la cárcel real, las tabernas de Triana,
los arenales del Guadalquivir, son los escenarios de esta nueva
aventura, donde los protagonistas reencontrarán traiciones, lances
y estocadas, en compañía de viejos amigos y de viejos enemigos.

ARTURO
PÉREZ-REVERTE

EL CABALLERO
DEL
JUBÓN AMARILLO

«Don Francisco de Quevedo me dirigió una mirada que interpreté como era debido, pues fui detrás del capitán Alatriste. Avísame si hay problemas, habían dicho sus ojos tras los lentes quevedescos. Dos aceros hacen más papel que uno. Y así, consciente de mi responsabilidad, acomodé la daga de misericordia que llevaba atravesada al cinto y fui en pos de mi amo, discreto como un ratón, confiando en que esta vez pudiéramos terminar la comedia sin estocadas y en paz, pues habría sido bellaca afrenta estropearle el estreno a Tirso de Molina. Yo estaba lejos de imaginar hasta qué punto la bellísima actriz María de Castro iba a complicar mi vida y la del capitán, poniéndonos a ambos en gravísimo peligro; por no hablar de la corona del rey Felipe IV, que esos días anduvo literalmente al filo de una espada. Todo lo cual me propongo contar en esta nueva aventura, probando así que no hay locura a la que el hombre no llegue, abismo al que no se asome, y lance que el diablo no aproveche cuando hay mujer hermosa de por medio.»

ARTURO
PÉREZ-REVERTE

CORSARIOS
DE LEVANTE

«Durante casi dos años serví con el capitán Alatriste en las galeras de Nápoles. Por eso hablaré ahora de escaramuzas, corsarios, abordajes, matanzas y saqueos. Así conocerán vuestras mercedes el modo en que el nombre de mi patria era respetado, temido y odiado también en los mares de Levante. Contaré que el diablo no tiene color, ni nación, ni bandera; y cómo, para crear el infierno en el mar o en la tierra, no eran menester más que un español y el filo de una espada. En eso, como en casi todo, mejor nos habría ido haciendo lo que otros, más atentos a la prosperidad que a la reputación, abriéndonos al mundo que habíamos descubierto y ensanchado, en vez de enrocarnos en las sotanas de los confesores reales, los privilegios de sangre, la poca afición al trabajo, la cruz y la espada, mientras se nos pudrían la inteligencia, la patria y el alma. Pero nadie nos permitió elegir. Al menos, para pasmo de la Historia, supimos cobrárselo caro al mundo, acuchillándolo hasta que no quedamos uno en pie. Dirán vuestras mercedes que ése es magro consuelo, y tienen razón. Pero nos limitábamos a hacer nuestro oficio sin entender de gobiernos, filosofías ni teologías. Pardiez. Éramos soldados.»